在美国钓鳟鱼

[美] 理查德·布劳提根 著

陈汐 肖水 译

GUANGXI NORMAL UNIVERSITY PRESS
广西师范大学出版社
·桂林·

在美国钓鳟鱼
Zai Meiguo Diao Zunyu

TROUT FISHING IN AMERICA
By Richard Brautigan
Copyright © 1963, 1964, 1967 by Richard Brautigan
Copyright © renewed 1991, 1992, 1995 by Ianthe Swensen
Published by arrangement with Houghton Mifflin Harcourt Publishing
Company through Bardon-Chinese Media Agency
Simplified Chinese translation copyright © 2018 by Guangxi Normal
University Press Group Co., Ltd.
ALL RIGHTS RESERVED
著作权合同登记号桂图登字：20-2016-286 号

图书在版编目（CIP）数据

在美国钓鳟鱼 /（美）理查德·布劳提根著；陈汐，肖水
译. —桂林：广西师范大学出版社，2018.5（2023.9 重印）
　书名原文：Trout Fishing in America
　ISBN 978-7-5598-0301-6

　Ⅰ．①在… Ⅱ．①理…②陈… ③肖… Ⅲ．①长篇小
说－美国－现代 Ⅳ．①I712.45

中国版本图书馆 CIP 数据核字（2018）第 002218 号

广西师范大学出版社出版发行

（广西桂林市五里店路 9 号　邮政编码：541004）
　网址：http://www.bbtpress.com
出版人：黄轩庄
全国新华书店经销
广西广大印务有限责任公司印刷
（桂林市临桂区秧塘工业园西城大道北侧广西师范大学出版社集团
有限公司创意产业园内　邮政编码：541199）
开本：889 mm × 1 194 mm　1/32
印张：5.875　　　字数：80 千字
2018 年 5 月第 1 版　　2023 年 9 月第 5 次印刷
定价：49.50 元

如发现印装质量问题，影响阅读，请与出版社发行部门联系调换。

献给

杰克·斯派塞和罗恩·路易文森[1]

1 杰克·斯派塞（Jack Spicer，1925—1965）和罗恩·路易文森（Ron Loewinsohn，1937—2014）都是与布劳提根同时代的旧金山著名诗人，也是布劳提根的好友。斯派塞是布劳提根的导师和知己，为《在美国钓鳟鱼》的编辑与修改做出了重要贡献。据路易文森说，斯派塞对钓鳟鱼十分着迷，经常与布劳提根交流这项爱好。

导 读
不曾因绝望而发笑的人不会懂得

这个世界是一股有秩序却无目的的暴力，惰性是激变的反面，但也是暴力的一种冰冷面相。在世界中产生了生命。生命中生发出了暴力，同时它要应对周遭世界施加给它的暴力，于是"自我强化"成为了生命的本质，作为生存竞争、新陈代谢的死亡也是这种自我强化的一部分。然后是人的出现，除了充当与承受暴力，不断自我强化，人还要充分实现自身的本性，成为万物的尺度，给世界打上人的烙印，或说熏染上人性的气味。最后是个人，作为个体的人，他（她）一出生就被赋予这三重特性，承受这三重压力，它们几乎构成其全部命运。

但是，还存在一条裂隙，一个呼吸孔，在暴力、自我强化、人性之外，还有某种元素，只有个体才拥有它。借助它，一个人有希望看透强加给他（她）的一切是无意义的，而这无意义又蕴含着一种美，残酷而神秘。这种元素，通常被称为悟性、诗性、灵性等等。没有它，一个人将与自由无缘。

理查德·布劳提根的作品即是此种元素的催化剂。不了解这一点，你就无法看清这样一位作家在世界中所处的位置。他的野心不在于写出什么对人性进行深刻剖析的巨著，他不属于人文主义传统，他的作品也并未反映中产阶级的苦恼，他不属于主流社会，他不是一个"伟大的"作家。一个庸人读到他的作品，一定会说："这写的都是什么玩意儿？"没有办法，布劳提根注定是属于少数人的，尽管他曾借助一时潮流广为人知。

布劳提根既是诗人又是小说家，这样的双重身份，让我们可以把他与博尔赫斯做一简单比较。他们都具有狂暴的想象力，文体风格皆极为鲜明。但是，博尔赫斯的想象总是基于某种思想，思想经过巧妙变形，融于主人公的命运，最终被升华为咏叹和抒情。而布劳提根则是直接从幻念出发的，幻念源于内心深处的创伤，它有自己的逻辑和生命，与任何思想无关，文字由此衍生、铺展，从平常眼光看去，就仿佛是随性生发出来的。

布劳提根有一种怪异的幽默，这也是博尔赫斯所不具备的。这种幽默总是伴随一种语调出现，这语调是如此独特，可视为布劳提根的一个标志。从切身体验出发，我把这种语调理解为"绝望"的语调。他的幽默是从绝望中来的，因而往往带有一点疯癫、残酷的意味，总是围绕着"死亡"打转，却又不失轻盈，有时仿佛童话故事中天真、无辜的话语，有时十分滑稽，令人捧腹。但是，不曾因绝望而发笑的人是无法领会的，所以不会产生共鸣。这反而好，可以形成陌生感，让人们有机会因陌生而重新开始思考。

布劳提根对于比喻和隐喻的运用也很特异。假如一般诗人对比喻、隐喻的运用还停留在对自然数做加减法的层次，那么布劳提根已经发明了乘除法、小数点和代数。与其说那是高超的修辞手段，不如说是让生命之流加速的方式。凭借它，布劳提根的行文进入了一种自由境界，在他笔下，日常生活就像被施以魔法一样，展现出普通人做梦也想不到的离奇面貌。由此，布劳提根的意识不再依附于现实，他不必寻求真实、抵达真实，而是可以重新定义真实，这真实是属于他个人的。

以上是我对布劳提根的粗浅理解。很多年前，我在涵芬楼书店意外发现了一本布劳提根（他的另一个译名是布朗蒂甘）的小说。那是一本薄薄的小书，随手翻开一页，读上一两行，我便认定这是自己最喜欢的类型。后来，这本书被我一读再读，而且，只要我在哪家书店看到它，就会买下来。甚至，我从此对涵芬楼产生了迷信，每隔一段时间，我就跑去，走到那个位置，看看会有什么新的发现。但是，长久以来，我再也未遇到一本像那样的书。当时的震撼，是我最美好的阅读经历。它也深刻地影响了我的写作，在爱伦·坡、卡夫卡、芥川龙之介、博尔赫斯之外，我又找到了一种独特的声音，一种新的可能性。为此，我将终生感激理查德·布劳提根，以及他的译者、出版者和研究者。

在布劳提根的代表作《在美国钓鳟鱼》中译本即将问世之际，我写了这篇全然非布劳提根风格的文字，我相信，属于他的读者，会一下认出他，而无须我在这里废话。我写下的，或许仅是一种预先的辩护，给那些不理解他，却有可能带着善意眼光读他的作品的人。

朱岳

目　录

书中的诱人珍宝应列入史密森尼学会[1]博物馆摆放在"圣路易斯之魂"[2]身旁

1　史密森尼学会(小说原文为"Smithsonian Institute",应为"Smith-sonian Institution")是美国的半官方组织,囊括众多博物馆、动物园和研究机构等设施。
2　"圣路易斯之魂"(Spirit of St. Louis)是一架飞机的名字。美国著名飞行员查尔斯·林白(Charles Augustus Lindbergh, 1902—1974)驾驶着它于1927年5月从纽约起飞,在巴黎降落,完成了人类历史上首次单人不间断横飞大西洋的创举。

关于《在美国钓鳟鱼》的封面

　　《在美国钓鳟鱼》的封面是一张摄于黄昏的照片，一张关于旧金山华盛顿广场上的本杰明·富兰克林雕像的照片。

　　生于1706年，逝于1790年，本杰明·富兰克林站在一个屋子似的基座上，里头仿佛还有着石头家具。他一手握着文件，一手拿着帽子。

　　大理石雕像上刻着：

H.D.科格斯韦尔

作品

献给我们的

孩子们

很快他们将超越我们

并继续前进

　　雕像基座的四个面各刻有一个词语，朝向世界的四方。东面是**欢迎**，西面是**欢迎**，北面是**欢迎**，南面也是**欢迎**。雕像的后面种了三棵杨树，叶子几乎落尽，只有树顶的枝丫上还留着一些。雕像正对着中间那棵树。二月初的雨刚刚下过，四周的草地还是湿漉漉的。

雕像背后更远处，是一棵高高的柏树，颜色发黑，像一间屋子。1956 年，阿德莱·史蒂文森[1] 曾在这棵树下，向四万民众发表演说。

与雕像隔街相望的是一座高大的教堂，在这边能看见教堂的十字架、尖顶、钟楼和大门。大门像个巨大的鼠洞，或许从动画片《猫和老鼠》而来，门上方用意大利文写着"通往宇宙"[2]。

大约下午五点，就是《在美国钓鳟鱼》封面中的那个下午，人们聚集在教堂对面的公园里，他们都饿了。

向穷人发放三明治的时间到了。

教堂一示意可以过街，人群便向街对面跑去，领取用报纸包好的三明治。等回到公园里，他们才拆开报纸，看看今天的三明治里都夹了些什么。

有一天下午，我的一个朋友把他那份三明治揭开，一看里面只夹了一片菠菜叶。再无其他。

是卡夫卡吧，他通过本杰明·富兰克林的自传了解美国……

1　阿德莱·史蒂文森 (Adlai Stevenson II，1900—1965)，美国政治家，善于演说。曾于 1952 年和 1956 年两次代表民主党参选美国总统。
2　原文为 "Per L' Universo"。

卡夫卡曾说:"我喜欢美国人,因为他们健康、乐观。"

敲木头 [1]
(第一部分)

　　我第一次听说"在美国钓鳟鱼",是童年的什么时候呢?是谁告诉我的?我想,大概是我的某个继父。

　　1942 年夏天。

　　那个老酒鬼跟我提起"在美国钓鳟鱼"。说起这件事的时候,他有种本事,能把鳟鱼描述得像一种珍稀的、智慧的金属。

　　我听着他对钓鳟鱼的描述,觉得"银"并不是切合我感受的最佳形容词。

　　我得想个更好的。

　　或许"鳟鱼钢铁"不错。用鳟鱼炼成的钢。那条清澈且积满雪的河流就像在铸造和熔炼。

　　想想匹兹堡 [2]。

　　一种由鳟鱼炼成的钢铁,用来建造房屋、火车和隧道。

1　原标题为"Knock On Wood",有"老天保佑"的意思,此处为双关语。
2　匹兹堡 (Pittsburgh),美国宾夕法尼亚州西南部城市,曾是著名的钢铁城市。

鳟鱼大王安德鲁·卡内基 [1]！

"在美国钓鳟鱼"的回信：
每当记起这件事，我就想笑——破晓时分，戴着三角帽 [2] 的人们在钓鳟鱼。

1　安德鲁·卡内基 (Andrew Carnegie, 1835—1919)，20 世纪初的世界"钢铁大王"。
2　三角帽 (three-cornered hat) 是西方服饰中的男式帽子，盛行于 17 至 18 世纪，也是军队戎装的标配。

敲木头
（第二部分）

童年某个春日的午后，我走在波特兰一个陌生的小镇上。我走到一个与众不同的街角，看见一排老房子挤在一起，像挤在岩石上的一群海豹。

然后有一片长长的农田从山上延伸到山脚。田间长满了青草和灌木。山顶上是一片树林，树木高大深沉。远远地，就能看见一条瀑布从山上倾泻而下。瀑布高耸，颜色雪白，我几乎能感受到溅起的冰凉水花。

那里一定有条小溪，我想，小溪里说不定有鳟鱼。

鳟鱼。

钓鳟鱼的机会终于来了，我就要钓到我的第一条鳟鱼，我就要看到匹兹堡了。

天色渐渐变暗。我没时间走过去看那条小溪了。我走回家，路过那排房子，窗玻璃上倒映着黑夜里冲刷而下的瀑布，像房子长出了胡须。

第二天，我打算去钓鳟鱼，第一次钓鳟鱼。我要早点起床，吃个早饭就出发。我听说清晨更适合钓鳟鱼。清晨的鳟鱼多了些不同寻常之处。我回到家，准备我的"在美国钓鳟鱼"。但我没有渔具，只能用那套老掉牙的钓法。

老得像那个笑话。

鸡为什么要过马路? [1]

我折弯一枚别针,系上一根白线。

然后睡觉。

第二天,我起了个大早,吃了早饭。我拿了一片白面包做钓饵,打算把面包心最软的那部分搓成小面球,穿在我那滑稽剧的钩子[2]上。

我离开家,来到那个与众不同的街角。农田多美啊! 那沿山而下形成瀑布的溪流多美啊!

但是,当我走近小溪的时候,发现有些不对劲。小溪有些不对劲。有些怪。小溪不应该是这样流淌的。等到我离得足够近时,才终于明白问题所在。

那瀑布不过是一条白色的木梯,通往山顶那片树林中的一座房子。

我在那儿站了很久,目光沿着梯子,上看,下看,仍旧不敢相信自己的眼睛。

然后我敲了敲我的小溪,听见了木头的声音。

我只能自己当一条鳟鱼,吃了那片面包。

---

1 "鸡为什么要过马路?"出自一个经典的问答式冷笑话,答句是:"因为要去马路的另一边。"它在美国家喻户晓,并衍生出诸多版本。此处用来表示钓法之老掉牙的程度。

2 滑稽剧 (vaudeville) 是在 19 世纪后期流行于北美地区的一种综艺节目,如果表演太过糟糕或冗长,后台会伸出一个"J"形的钩子,将表演者钩下舞台。

"在美国钓鳟鱼"的回信：

我无能为力。我不能把一架木梯变成一条小溪。男孩走回了他所来之处。这件事也曾发生在我身上。我记得在佛蒙特州，我曾把一个老妇人看成一条有鳟鱼的小溪，最后只能求她原谅我。

"真抱歉，"我说，"我还以为你是一条有鳟鱼的小溪。"

"我不是。"她说。

红　唇

十七年后，我坐在树底下的一块石头上。树边上是一座废弃的棚屋，前门上钉着一张警长告示，活像钉着个葬礼花环[1]:

闲人勿入

一首俳句的 4 / 17

这十七年里，有许多河流流过，也有数以千计的鳟鱼游过。现在，公路和警方告示旁，又流淌着一条河，克拉马斯河[2]。而我想要去下游三十五英里[3]处的虹鳟镇，那是我住的地方。

一切都很简单。但没有人肯停下载我一程，即使我背着渔具。可人们通常愿意停下让钓鱼的搭便车。

1　这里所说的葬礼花环不同于中国传统葬礼中的大型花圈。美国的葬礼花环较小，可以挂在门上，且常用真花制成。

2　克拉马斯河（Klamath），美国俄勒冈州南部和加利福尼亚州西北部河流，大部流经山地森林地区，水力丰富。克拉马斯河渔场是美国西海岸第三大渔场，盛产鲑鱼和鳟鱼。

3　1 英里约为 1.61 千米。

我足足等了三个小时才坐上了车。

太阳就像一枚巨大的五十美分硬币，有人在上面浇了煤油，用火柴点着，然后说："来，拿着，我去买份报纸。"他把硬币放在我手里，再也没有回来。

我走了很远很远，来到这棵树下，坐在这块石头上。大概每隔十分钟就有一辆车经过，我每次都会站起来，竖起我的大拇指示意——我的手看起来就像一串香蕉——然后我又坐回石头上。

棚屋有个锡皮屋顶，年久失修，锈得略微发红，像断头台下受刑人戴过的帽子。屋顶的一角松了，河的上游吹来一股热风，松了的一角在风里哐哐响。

一辆车经过。一对老夫妇。车子一个急转弯，差点开出公路甩进了河里。我猜他俩不常在这儿遇见搭便车的人。车子消失在拐弯处的时候，他们两个都回过头来看我。

我无事可做，一个人捉起了放在网袋里的飞蝇[1]。我给自己发明了一个游戏，规则是，我不能主动去捉它们，只能让飞蝇主动飞到我手里来。这和意念之类的东西有关。我捉住了六只。

棚屋再往上走一些，是一间茅房，门被猛地打开了。茅房里面如同一张人脸，暴露无遗，仿佛在说：

1　这里所说的飞蝇 (salmon fly) 是指穿在飞蝇钓钩上用作钓饵的假昆虫，常用动物羽毛制成。

"搭建我的老家伙在这儿拉了 9745 次屎，现在他已经死了，我不想再让其他人碰我。他是个好人，搭起我时满怀关爱。离我远点！我现在是一座纪念碑，纪念一个逝去的好屁股。这里没什么神秘的，所以门敞开着。如果你非要拉屎不可，跟鹿群学学，到树丛里去解决。"

"操你妈！"我对那间茅房说，"我只是想搭个顺风车到下游去。"

"酷爱"[1] 饮料成瘾者

　　小时候，我有一个朋友，因为得了疝气，最后喝"酷爱"上了瘾。他来自一个德国家庭，很穷，又有一大家子人。夏天，家里稍微年长一些的孩子都得下地干活，摘来的豆子被以每磅[2]二点五美分的价格卖出去，来维持一家的生计。大家都要劳动，除了我的这个朋友，因为他得了疝气。但是家里没钱给他动手术，连买条疝气带的钱都没有。所以他只能待在家里，最后喝"酷爱"上了瘾。

　　八月的一个上午，我去了他家。他还没起床。他从一张用破布条缝成的毯子下面探出头，看着我。他从没用过一床像样的被单。

　　"你说你会带五美分来的，带了吗？"他问。

　　"带了，"我说，"在我口袋里。"

　　"好。"

　　他跳下床，衣服已经穿在了身上。他曾经跟我说

1　酷爱 (Kool-Aid)，美国传统混合饮料品牌。
2　1 磅约为 0.45 千克。

过，他睡觉从不脱衣服。

"为什么要脱？"他曾经这样说，"反正要起床的。不脱衣服就是为了给起床做准备。脱衣服睡觉不过是自欺欺人。"

他走进厨房，绕过家里最小的那群孩子，他们身上的尿布又脏又乱。他给自己做了早餐：一片自己家做的面包，涂上卡露牌糖浆和花生酱。

"我们走吧。"他说。

我们走出家门，他还咬着三明治。杂货店离这儿三个街区，在长满了浓密黄草的田地的另一头。地里有很多野鸡。夏天里，野鸡肥了不少，我们走过去的时候，它们差点没能飞走。

"你好。"杂货店的老板说。他是一个秃头，头上有一块红色的胎记，看上去就像头顶上停着一辆老爷车。他问都没问，就拿了一盒葡萄味的"酷爱"，放在柜台上。

"五美分。"

"他付。"我朋友说。

我摸了摸口袋，掏出一枚五美分的硬币给老板。他点了点头，那辆红色老爷车在路上前后晃了晃，好像司机突然发了癫痫。

我们离开了。

我朋友带路穿过田地。有一只野鸡飞都懒得飞，跑在我们前面，像一只长了羽毛的猪。

回到他家以后，典礼拉开帷幕。对于他来说，调制"酷爱"饮料是一件浪漫的事，是一场重大的仪式。动作须毫无差错，极富尊严。

首先，他拿了一只一加仑[1]的罐子。我们走到屋子的一头，水龙头从地上喷出水来，好像圣人的手指。周围全是泥坑。

他打开"酷爱"，倒进罐子。然后将罐子放在水龙头下面，把水龙头打开。水从龙头里喷出来，水花四溅，水流冲进罐子里。

他小心翼翼，不让罐子里的水满出来，以防其中珍贵的"酷爱"也洒到地上。等罐子接满水，他迅速地关上了水龙头。动作精准，仿佛一位著名的脑外科医生切除想象力中错乱的部分。接着，他把罐子的盖子拧紧，好好摇了一摇。

仪式的第一部分结束了。

他就像一个获得神灵启示的异域宗教的祭司，很好地完成了第一部分的仪式。

这时候他妈妈过来了，声音里满是沙子和细绳，说："你什么时候洗碗？……嗯？"

"马上。"他说。

"你最好给我快点。"她说。

她一走，就仿佛没来过似的。仪式的第二部分开

1　1加仑（美）约为3.79升。

始了，他非常小心地捧着罐子，来到屋后一间废弃的鸡舍。"洗碗不急。"他对我说。伯特兰·罗素[1]说得都没这么好。

他打开鸡舍的门，我们走进去。地上散落着翻得半烂的漫画书，像是树下的果子。角落里有一张旧床垫，旁边是四个一夸脱[2]的瓶子。他捧着罐子走过去，小心翼翼地把四个瓶子灌满，不敢洒出一丁点儿。然后他把四个瓶盖都拧紧，准备开始一整天的享受。

一盒"酷爱"本来只能兑成两夸脱来喝，但他总是兑成一加仑，所以他喝的"酷爱"，只是他想要的味道的影子而已。一盒"酷爱"本来要加一杯糖，但他从来不放糖，因为他没有糖可以放。

他创造了自己的"酷爱"，并用"酷爱"将自己点亮。

---

1 伯特兰·罗素 (Bertrand Russell, 1872—1970)，英国哲学家、数学家、逻辑学家、历史学家。
2 1 夸脱（美）约为 0.95 升。

另一种制作核桃酱的方法

这是"在美国钓鳟鱼"的一本袖珍食谱。假设"在美国钓鳟鱼"是一位富有的美食家，他的女朋友是玛丽亚·卡拉斯[1]。他们在一张大理石桌子上点起美丽的蜡烛，共同进餐。

糖渍苹果拼盘

取一打优质的苹果，用一把折叠小刀小心地削皮，去核；浸入热水中，将其烫熟；然后取少量水兑糖，再取部分苹果切片放入其中，煮至沸腾，熬成糖浆；将糖浆淋在苹果之上，配以樱桃干和精心切好的柠檬片。注意苹果必须保持完整。

他们一起吃苹果的时候，玛丽亚·卡拉斯给"在

1　玛丽亚·卡拉斯 (Maria Callas, 1923—1977)，美籍希腊裔女高音歌唱家，被称为 20 世纪最伟大的歌剧女王。

美国钓鳟鱼"唱了一首歌。

馅饼酥皮

准备好一大包面粉。取六磅黄油加一加仑水煮沸，撇除泡沫后倒入面粉中，酌情加入适量烈酒。拌成面团，并掰成小份，至其彻底冷却。然后再做成你想要的形状。

然后他们一起吃馅饼酥皮，"在美国钓鳟鱼"对着玛丽亚·卡拉斯微笑。

一勺布丁

取一勺面粉，一勺奶油或鲜奶，一只鸡蛋，少量肉豆蔻，姜，和盐。将其拌匀，置于小木盘中，煮三十分钟。可酌情添加适量葡萄干。

"在美国钓鳟鱼"说："月亮就要出来了。"玛丽亚·卡拉斯说："是啊，就要出来了。"

另一种制作核桃酱的方法

取表皮未硬化的青核桃，在研磨机中碾碎，或在大理石研钵中捣碎。然后放进粗纱布中挤出汁液。接着在每加仑核桃汁中加入一磅凤尾鱼干，一磅粗盐，四盎司[1]牙买加胡椒粉，包括两盎司荜拔[2]和两盎司黑胡椒；肉豆蔻干皮、丁香、姜各一盎司，以及一根山葵。放在一起，煮至重量减半，再装入罐子。放凉后密封保存。三个月后即可食用。

"在美国钓鳟鱼"和玛丽亚·卡拉斯把核桃酱浇在他们的汉堡上。

---

1 1盎司约为28.35克。
2 荜拔 (long pepper)，胡椒科植物，未成熟的果穗可作香料或入药。

大梁溪 [1] 序

印第安纳州的穆尔斯维尔小镇是约翰·迪林杰 [2] 的故乡，建有约翰·迪林杰博物馆。你可以进去随便看看。

有些小镇被称为美国的"水蜜桃之都"，或者"樱桃之都""牡蛎之都"之类的，而且总会过自己的节日，宣传照上都印着比基尼美女。

而印第安纳的穆尔斯维尔小镇，是美国的"约翰·迪林杰之都"。

最近，一个男人带着他的妻子搬到了那里。男人在家中的地下室发现了几百只老鼠。老鼠个头硕大，行动迟缓，眼神像婴儿。

有一天，他的妻子要出门几天，去探望几个亲戚。于是他去买了一把点三八口径的左轮手枪，以及许多弹药。然后他去了地下室，开始朝老鼠开枪射击。可老鼠毫不在意。它们看着眼前的一切就像在观看一场

1　大梁溪 (Grider Creek)，克拉马斯河的支流，为远足和钓鱼胜地。

2　约翰·迪林杰 (John Dillinger, 1903—1934)，20 世纪 30 年代大萧条时期活跃于美国中西部的银行抢匪和美国黑帮的一员。

电影，并且开始吃同伴的尸体，仿佛吃着爆米花。

他走到一只老鼠的边上，那只老鼠正忙着吃自己的伙伴。他拿枪抵着老鼠的头。老鼠依旧旁若无人地吃着。枪上膛的时候，老鼠停下了啃啮，斜着眼睛看了看枪口，又看了看他，眼神之友好，好像在说："我妈年轻的时候，歌唱得像狄安娜·窦萍[1]。"

他扣下了扳机。

他才没有什么幽默感。

在印第安纳州穆尔斯维尔小镇的"大剧院"里，总有一部单场影片，两部连映影片和一部永不散场的影片在上映：这里是美国的"约翰·迪林杰之都"。

---

1 狄安娜·窦萍 (Deanna Durbin, 1921—2013)，美国著名女演员和花腔高音艺术家。

大梁溪

我曾听说在这里可以钓到不错的鱼，当大理石山冰雪融化时，其他的大溪流都浑浊不堪，大梁溪却非常清澈。

我还听说当河狸在山的高处筑起堤坝后，会出现一些东溪鳟在那儿生活。

开校车的师傅给我画了一张大梁溪的地图，告诉我哪儿是最佳的垂钓点。他画这张地图的时候，我们就站在"虹鳟旅馆"前。那天很热，我猜可能有一百度[1]。

要去垂钓胜地大梁溪，必须得开车，可我没有车。地图画得很好，用一支钝重的铅笔画在一个纸袋上。上头还画着一个小方块"□"，表示那儿有个锯木厂。

---

1 此处指的是华氏度。100 华氏度约等于 38 摄氏度。

为"在美国钓鳟鱼"创作的芭蕾舞剧

为"在美国钓鳟鱼"创作的芭蕾舞剧,说的是"眼镜蛇草[1]如何捕捉昆虫"。这部剧将在加州大学的洛杉矶分校上演。

这盆植物就在我身边,在后院走廊。

它是我在沃尔沃斯[2]买的,可是没过几天就死了。那是几个月前的事了,正值一九六〇年总统大选。

我将它埋在一个空的麦可[3]罐子里。

罐子上写着"麦可膳食,控制您的体重",这行字的下面写着"配料:非脂乳固体、豆粉、全脂乳固体、蔗糖、淀粉、玉米油、椰油、酵母、人造香草香精"。然而这个罐子现在却成了一株眼镜蛇草的墓地,眼镜蛇草已经枯萎发黄,长出了黑色的斑点。

眼镜蛇草上还别了一枚徽章,像葬礼花环似的,红白蓝相间,上面写着"支持尼克松"。

---

1 眼镜蛇草(学名为 *Darlingtonia californica*)是一种食虫植物,主要分布在美国加利福尼亚州北部与俄勒冈州,因酷似眼镜蛇而得名。

2 沃尔沃斯(Woolworths),著名的国际连锁超市品牌。

3 麦可(Metrecal),一种减肥食品,20 世纪 60 年代流行于美国。

这场芭蕾舞剧的创作动力，来自对这株眼镜蛇草的一番描述。这番描述可以充当地狱门口迎宾的地毯，或者用来指挥一支太平间里用冰冷的木管乐器演奏的管弦乐队，又像是原子大小的邮差在松林里，在永无日光照耀的松林里。

　　"大自然赋予眼镜蛇草捕食的本领：分叉的芯子上布满了可分泌蜜汁的腺体，吸引着食蜜为生的昆虫；昆虫一旦进入眼镜蛇草的捕虫瓶，瓶内倒生的绒毛就能有效防止昆虫逃脱；它的底部分泌出消化液。

　　"如果你以为每天都要喂它一块汉堡或一只昆虫，那就大错特错了。"

　　我希望芭蕾舞演员们都能有精彩的表现，她们在洛杉矶为"在美国钓鳟鱼"翩翩起舞，她们的双脚给我们带来遐想。

酒鬼们的瓦尔登湖

那时的秋天总是有波特酒，和一群喝着那暗红色甜美液体的人，就像食肉植物总是有过山车般的嘴一样。现在，那些人早已消失不见，只有我还在。

我们担心警察出现，因此总要找一个最安全的地方喝酒：教堂对面的公园。

公园中心有三株杨树，树的正前方是本杰明·富兰克林的雕像。我们就坐在那儿喝波特酒。

我的妻子在家里，她怀孕了。

下班后，我总要给她打电话说："得晚点回家了，我要去和朋友们喝一杯。"

我们三个在公园里蜷成一团，聊着天。他俩都是来自新奥尔良的落魄艺术家，曾在新奥尔良的海盗巷给游客画画为生。

现在，旧金山寒冷的秋风吹拂着他们。在他们面前，人生只有两途：要么开办一个跳蚤马戏团，要么把自己送到精神病院里去。

他们一边讨论着这些，一边喝着酒。

他们说着怎样在跳蚤背上贴彩纸当作衣裳。

他们说，训练跳蚤的秘诀就是要使它们因为食物而依赖你。你可以通过在特定的时间给跳蚤喂食来实现这一点。

他们还谈到了给跳蚤制作独轮手推车、台球桌、自行车。

他们打算把跳蚤马戏团的门票定为五十美分。这个生意必定前途无量。他们甚至有可能上埃德·沙利文[1]的电视秀。

当然，他们现在还没有自己的跳蚤，但这很容易，找一只白猫，身上准有。

他们还断言，生活在暹罗猫身上的跳蚤可能要比生活在普通小巷子里的猫身上的跳蚤聪明得多。因为只有喝了聪明的血，才会长成聪明的跳蚤。

这样的对话一直持续到无话可说。然后我们去买了第五瓶波特酒，又回到了那些树和本杰明·富兰克林旁边。

现在，太阳就要落山了，地球正以永恒的正确方式冷却下来，白领女孩们像企鹅一样从蒙哥马利街回来了。她们匆忙地瞥了我们一眼，在心里骂道：酒鬼。

然后，两位艺术家开始讨论去精神病院里过冬。他们说那里是多么温暖，有电视，柔软的床上铺着干净的被单，土豆泥上浇满了汉堡肉汁，与女病人在一

1　埃德·沙利文（Ed Sullivan, 1901—1974），美国电视节目主持人。

周一次的舞会上相聚，洁净的衣物，收拾妥当的剃须刀，年轻可爱的实习护士。

啊，是啊，一个未来正在精神病院里等着呢。没在那儿过冬将是个巨大损失。

汤姆·马丁溪

有天早晨，我从虹鳟镇出来，沿着克拉马斯河往下走。克拉马斯河的水涨起来了，水流浑浊，像一头智力低下的大恐龙。而汤姆·马丁溪是一条小溪，溪水清澈，冰冷刺骨。它冲出峡谷，穿过高速公路的地下涵洞，然后汇入克拉马斯河。

小溪流出涵洞口，在低处形成一汪小水塘。我将一只苍蝇挂在钓钩上，扔了进去，钓到了一条九英寸[1]的鳟鱼。那是条很好看的鳟鱼，被钓起来的时候，它一直在水面挣扎。

虽然汤姆·马丁溪只是一条涓涓小溪，流经的两岸的陡峭峡谷里还长满了毒栎[2]，但我仍然决定沿着它往上走走，我喜欢这条溪的水势和感觉。

我也喜欢它的名字。

汤姆·马丁溪。

用人的名字给溪流命名的主意不错，将来的人

1　1英寸约为 2.54 厘米。
2　毒栎（学名为 *Toxicodendron pubescens*），漆属植物，在美洲广泛生长，皮肤与之接触会引发过敏。

们沿着溪走一会儿，就能去了解那时的人们付出过什么，知道些什么，以及做成了什么。

但我走着走着才发现，这条路真他妈不好走。我一路上费了要命的劲：灌木丛，毒栎，也没有什么可以钓鱼的地方；有时候峡谷还非常狭窄，好像溪水是从一个水龙头里喷出来似的；有时路烂到我只能站在原地，都不知道该往哪里跳。

在这条溪里钓鱼，你得有一身水管工的本事。

在钓到第一条鳟鱼时，那里只有我一个人，但我到很后来才意识到。

在山坡上钓鳟鱼

两座相邻的小山丘上各有一处墓地。山丘之间，墓地溪缓缓流过，如同大热天里的送葬队伍，溪里能钓到许多很好的鳟鱼。

死去的人也丝毫不介意我在那儿钓鳟鱼。

其中一处墓地里，长着高大的冷杉；草地受溪水所滋养，常年保持着彼得·潘[1]的绿色；那里还有用大理石精心制作而成的墓碑、雕像和坟茔。

另一处墓地是留给穷人的，没有树。草地在夏天也枯成了像干瘪轮胎的褐色，一直如此，要到深秋季节，等来雨水，才能慢慢绿起来，像轮胎等来了修车工。

穷人死后，用不起精美的大理石墓碑。他们的墓标是些小木板，像陈面包上干硬的皮，上头写着：

慈爱的遢遢汉父亲

---

1 彼得·潘 (Peter Pan)，著名苏格兰作家詹姆斯·巴里的剧作《彼得·潘：不会长大的男孩》(*Peter Pan: The Boy Who Wouldn't Grow Up*, 1904) 的主人公，其装束为绿色。

挚爱的一生辛劳的母亲

一些坟墓上放着水果玻璃罐和马口铁罐，里面插着几枝枯萎的花：

永远

怀念

约翰·塔尔博特

十八岁时

在小酒馆

被人用枪打中了屁股而死

于 1936 年 11 月 1 日

这只插着枯萎的花的

蛋黄酱罐子

是六个月前

他姐姐

留下的

现在她在疯人院里

最终，只能由四季来照顾这些木刻的名字，好像火车站旁昏昏欲睡的快餐店厨师，把一枚枚鸡蛋打在烧烤架子上。有钱人的名字则被刻在法式大理石冷盘上长久流传，而他们自己像一匹匹马蹦跶着，踏着绚丽的路，跑上天去。

傍晚时分，当水闸开着的时候，我在墓地溪里钓鳟鱼，并且钓到了几条好鱼。只有死者的贫穷一直让我心里烦躁不安。

有一次，天将黑了，我还没回家，正在溪水里清洗钓上来的鳟鱼。我突然想走到穷人的墓地去，拔些草，再把水果玻璃罐和马口铁罐收集起来，还有那些墓标，那些枯萎的花，那些地里的虫子、野草和土块，都带回家，与鱼钩钳在一起，再挂上一只苍蝇，然后走出屋外，将它扔向天空，看着它飘过层层白云，抵达天边的暮星。

大海，海上骑士

开书店的男人不是魔法师。他不是长满蒲公英的那片山坡上的三脚乌鸦。

他是一个犹太人，这是当然；他是一条商船的退休海员，船在北大西洋被鱼雷击中，他就在海上漂啊漂啊，可最后死神并不想收他。他有一位年轻的妻子，有心脏病，有一台大众汽车，有一个在马林郡的家。他喜欢乔治·奥威尔、理查德·奥尔丁顿[1]和埃德蒙·威尔逊[2]的作品。

十六岁的时候，先是从陀思妥耶夫斯基那里，然后是从新奥尔良的妓女那里，他开始明白人生是怎么一回事。

书店这儿原本是老墓地，停车场似的，成百上千块墓地像汽车一样一排排停在那里。大部分书都已经绝版，没人想读这些书，读过这些书的人也已不在人世，或者早忘了这些书。但通过书店音乐的有机分解，

1　理查德·奥尔丁顿 (Richard Aldington, 1892—1962)，英国诗人、小说家。
2　埃德蒙·威尔逊 (Edmund Wilson, 1895—1972)，美国政治评论家。

这些书又变回了处女。她们找回了那古老的版权，就像找回了处女膜。

在糟糕的 1959 年，我常常在下午下班后去这家书店。

他在书店后辟了一个厨房，用铜质平底锅煮很浓的土耳其咖啡。我喝着咖啡，读着旧书，等着这一年走向尽头。厨房楼上有一个小房间。

房间能俯视书店，用一座中国屏风来挡着。房间里有一张长沙发，有一个玻璃柜，里面放着各种中国式的东西，还有一张桌子、三把椅子。房间还带有一个很小的洗手间，像揣着一块怀表。

一天下午，我坐在书店里的凳子上读书，书的形状像一只高脚酒杯。书页干净得像杜松子酒。书的第一页写着：

比利

小子[1]

1859 年

11 月 23 日

生

于

1　比利小子 (Billly the Kid，1859—1881)，美国旧西部的法外之徒和枪手。

这时候书店老板向我走来，他把一只手搭在我的肩膀上，说："想不想干那事？"他的声音听起来非常友善。

"不用了。"我说。

"你错了。"他说，然后他不再说什么，径直走到店门外，拦住了一对陌生人，一男一女。他和他们交谈了一会儿，我听不见他们说了些什么。他指了指坐在书店里的我。那个女人点了点头，然后那个男人也点了点头。

他们走进书店里来。

我很尴尬。我没法逃走，因为书店只有一扇门，而他们正从那扇门进来。所以我决定上楼，躲进洗手间。我立马起身，往书店后头走去，然后上楼，进了洗手间。他们在后面跟着我。

我能听见他们上楼的声音。

我在洗手间里待了多久，他们就在外面等了多久，一句话也没说。我从洗手间里出来的时候，那个女人脱光了衣服躺在长沙发上，男的坐在椅子上，大腿上搁着他的帽子。

"别担心他，"那个女人说，"对他来说，这些事没什么大不了的。他很有钱。他有 3859 辆劳斯莱斯。"她长得相当漂亮，肌肤如清冽的山泉，流淌在她的身体上，流淌在她山石般的骨骼和隐秘的神经之间。

"到我这儿来，"她说，"进入我身体里，因为我们都是水瓶座，而且我爱你。"

我看了看坐在椅子上的男人，他没有笑容，也没有难过的样子。

我脱了鞋，脱光了衣服。男的一句话也没有说。

女人的身体轻轻摇摆着。

我什么也做不了，我的身体就像停在电话线上的鸟儿们，电话线一直延伸到世界尽头，云朵温柔地摇晃着它。

我睡了女人。

时间仿佛未及跳到一分钟而永恒地停在了五十九秒，这一刻让人有些局促不安。

"挺好。"女人说，然后她亲了我的脸颊。

男的还是坐在那儿，没有说话，没有动作，没有对这屋子露出任何情绪。我猜他确实阔过，也有过3859辆劳斯莱斯。

然后女人穿上衣服，和男人一起离开了。他们走下楼，我听见那个男的开口说了第一句话：

"想去厄尼餐厅吃晚饭吗？"

"不知道，"那女人说，"现在考虑去哪儿吃晚饭也早了点。"

随后我听见门关上的声音，他们走了。我穿好衣服，下楼。我感到全身柔软、放松，好像在试验功能性背景音乐。

书店老板坐在柜台后面的桌子边上。"我来告诉你上面都发生了些什么。"他说道，用好听的、反三脚乌鸦式的声音，用反长满蒲公英的山坡式的声音。

"什么？"我说。

"你参加过西班牙内战。你是来自俄亥俄州克利夫兰的年轻共产主义分子。她是一个画家，一个来自纽约的犹太人，她把参加西班牙内战当作观光，仿佛这场战争是一个由希腊塑像当主角的新奥尔良肥美星期二[1]。

"你遇见她的时候，她正在画一个死去的无政府主义者。她叫你站在这个无政府主义者的旁边，装作你杀了他的样子。你扇了她一巴掌，说了几句我也不好意思重复的话。

"你们共坠爱河。

"有一回你在前线，她读了《忧郁的解剖》[2]，然后画了 349 只柠檬。

"你们几乎是精神上的恋爱。在床上，你们都不

1　基督教四旬斋前的最后一日狂欢节。

2　《忧郁的解剖》(*The Anatomy of Melancholy*, 1621)，英国学者罗伯特·伯顿 (Robert Burton) 著。此书是本探讨忧郁症的医学教科书，但其中有大量关于哲学与文化的探索，所以历来为名家所推崇。

像百万富翁。

　　"巴塞罗那沦陷的时候，你和她飞到了英格兰，然后坐船回到了纽约。你们的爱留在了西班牙。那只是战争时期的爱情。你们在战争时期的西班牙相爱，爱的其实只是自己。在大西洋上，你们开始相互淡漠，一天天变得越来越像失去彼此的人。

　　"大西洋里的每一片海浪，都像一只死去的海鸥，拽着大炮般的浮木，从天际漂向天际。

　　"船一到美国，你们就分开了，什么话也没说，从此再也没有见过对方。我最后一次听说时，你还住在费城。"

　　"这就是你认为的上面发生的事情？"我说。

　　"一部分吧，"他说，"对，就只是一部分。"

　　他拿出烟管，填满烟草，然后点着。

　　"你想让我告诉你上面还发生了些什么吗？"他说。

　　"你说吧。"

　　"你翻越边境，来到墨西哥，"他说，"你骑马进入一个小镇。人们都知道你是谁，都很怕你。他们知道你曾用别在腰间的那把枪杀了很多人。小镇很小，连自己的牧师也没有。

　　"骑警队看见你，都逃出了小镇。连他们这样厉害的人，也对你敬而远之。他们逃走了。

　　"你成了小镇上最有权势的人。

　　"你被一个十三岁的姑娘勾引了，和她一起住在土坯房里，你们除了做爱，什么也不干。

"她很苗条，一头乌黑的长发。你们站着做爱，坐着做爱，躺在泥土地上做爱，周围猪和鸡成群。墙上、地上甚至屋顶上，都沾满了你的精液和她的高潮。

"你们晚上席地而睡，用你的精液做枕头，用她的高潮做毯子。

"镇上的人都很怕你，但无能为力。

"后来，她开始不穿衣服在镇上四处走。镇上的人都说这不是什么好事。然后你也不穿衣服到处走，你们在宪法广场的马背上做爱。人们太怕你了，后来都逃出了这个小镇。小镇就这样永远地被遗弃了。

"人们不愿意住在那里。

"你们两个都没活到二十一岁。没这个必要。

"看吧，我知道楼上发生了什么。"他说。他朝我友好地笑笑。他的眼睛像大键琴上的鞋带。

我想了想楼上发生的事情。

"你知道我说得没错，"他说，"你自己亲眼见到了，也亲身经历了。快读完你手上的书吧，别被打扰了。我很高兴你上了一个女人。"

我继续读的时候，书页开始飞快地翻动，越来越快，越来越快，最后快得像海里的螺旋桨。

鳟鱼最后一次游上海曼溪的那年

　　那个老家伙早已不在人世。海曼溪因查理斯·海曼而得名，他是一位没啥能力的乡村拓荒者。这里贫穷、荒芜、恐怖，很少人愿意生活在此。那是在1876年，他在·条溪边搭起了一座简陋的小屋。这条小溪几乎耗尽了那座不起眼的小山的所有泉水。不久，这条小溪便被叫作"海曼溪"。

　　海曼先生不识字，更不会写，但他并不在意这个。他一直打零工，年复一年复一年复一年。

　　你的骡机坏了吗？

　　叫海曼先生去修一下。

　　你的篱笆着火了吗？

　　叫海曼先生去扑灭它。

　　海曼先生喜欢吃甘蓝和粗磨小麦。他买来用大麻袋装的小麦，然后自己动手用研钵和杵把小麦研成粉。他在他的小屋前种植甘蓝，并且悉心照料它们，仿佛它们是获过奖的兰花。

　　在他的一生中，海曼先生从来没有喝过一杯咖啡，抽过一根烟，喝过一次酒，干过一个女人；他觉得要是这样做了，自己就是个傻瓜。

冬天，很多鳟鱼会游到海曼溪来，但是到初夏的时候，这条小溪就差不多干涸了，一条鱼也没有。海曼先生常常钓一两条鳟鱼，就着甘蓝和自己研磨的小麦生吃。有一天，他老得不愿意干活了。他看起来也实在是太老了，附近的孩子觉得他独来独往，十分吓人，都不敢往他小屋旁的溪边走。

但海曼先生并不在意这一切。孩子对他来说是最可有可无的了。读书、写字、孩子，一样都没什么用，海曼先生这样想，然后继续磨他的小麦，照料他的甘蓝，以及当溪水里有鳟鱼的时候，继续抓上一两条。

三十年来，他看上去都像是九十岁。有一天他想到自己快要死了，然后就死了。他死的那一年，没有鳟鱼游上海曼溪来，从此以后，也没有再出现过。在老头死了之后，鳟鱼认为自己最好还是待在原处。

研钵和杵从架子上摔下来，碎了。

小屋腐朽殆尽。

甘蓝中间，杂草丛生。

海曼先生去世二十年后，一些渔猎的人开始在附近的溪流里投放鳟鱼苗。

"可能投一些在这里也不错。"其中一个人说。

"好啊。"另一个人说。

他们往这条溪里倒了一整罐的鳟鱼苗，这些鳟鱼一碰溪水，便翻白肚子，无生命地顺着溪流漂向下游。

喝波特酒而死的鳟鱼

这可不是建造在想象之上的屋子[1]。

这是真的。

一条十一英寸的虹鳟死了。因为喝了一口波特酒，它的生命就从这个地球的水域中永远消失了。

一条鳟鱼因为喝波特酒而死是违反自然规律的。

一条鳟鱼被抓鱼的拧断了脖子，扔进鱼篓而死，这完全可以；或者一条鳟鱼肚子里长了霉菌，菌落像糖果色的蚂蚁一样在肚子里蔓延，直到它躺进死神的糖罐子里，这也可以。

如果一条鳟鱼在夏末被困在一个即将干涸的水潭里，或者被鸟兽捉走了，也可以。

是的，就算一条鳟鱼因为水污染而死，或者因为人类向河里排放粪便，窒息而死，也没关系。

常有鳟鱼老死，它们白色的胡须漂向了大海。

这些都是符合自然规律的死亡，但是一条鳟鱼因

---

1 "屋子"一词在原文中为"outhouse"，和《红唇》一章中的"茅房"对应的是同一个词语。

41

为喝波特酒而死，那就是另一回事了。

1496 年出版的《圣奥尔本斯文集》所载的"垂纶论"里没提到过。H.C. 卡特克利夫在 1910 年出版的《白垩溪飞蝇钓技术谈》里没提到过。比阿特丽斯·库克在 1955 年出版的《现实比钓鱼更离奇》里没提到过。理查德·弗兰克在 1694 年出版的《北国回忆录》里没有提到过。W.C. 普赖姆在 1873 年出版的《我去钓鱼》里没有提到过。吉姆·奎克在 1957 年出版的《钓鳟鱼和制作钓饵的方法》里没有提到过。约翰·塔文纳在 1600 年出版的《鱼和水果的若干种实验》里没有提到过。罗德里克·L. 黑格-布朗在 1946 年出版的《不眠之河》里没有提到过。比阿特丽斯·库克在 1949 年出版的《直到钓鱼将我们分开》里没有提到过。科尔·E.W. 哈丁在 1931 年出版的《关于飞蝇钓者和鳟鱼》里没有提到过。查尔斯·金斯利在 1859 年出版的《白垩溪研究》里没有提到过。罗伯特·特拉维尔在 1960 年出版的《鳟鱼狂热》里没有提到过。

J.W. 邓恩在 1924 年出版的《阳光和干式毛钩》里没有提到过。雷·博格曼在 1932 年出版的《只谈钓鱼》里没有提到过。小欧内斯特·G. 施维伯特在 1955 年出版的《昆虫与钓钩》里没有提到过。卡特克利夫在 1863 年出版的《湍流捕鳟艺术》里没有提到过。C.E. 沃克在 1898 年出版的《老钩新用》里没有提到过。罗德里克·L.黑格-布朗在1951年出版的《钓鱼者的春天》里没有提到过。查尔斯·布拉德福德在1916年出版的《坚定的垂钓者和溪鳟》里没有提到过。琪茜·法林顿在1951年出版的《谁说女子不能钓》里没有提到过。赞恩·格雷在1926年出版的《垂钓者的天堂——新西兰的故事》里没有提到过。G.C.班布里奇在1816年出版的《飞蝇钓指导手册》里没有提到过。

从来没有哪本书提到过一条鳟鱼因为喝了一口波特酒而死。

来说说最高行刑者。我们早上醒来的时候,外面还是黑的。他微笑着走进厨房,然后我们吃了早饭。

薯条、鸡蛋和咖啡。

"老东西,"他说,"把盐递给我。"

渔具已经放在车里了,我们直接上车出发。第一缕晨光投下来的时候,我们开上山脚的公路,朝着黎明驶去。

树木后的阳光,让你感觉像进了一家地势逐渐升高的奇怪的百货商店。

"昨晚那个姑娘真漂亮。"他说。

"是啊,"我说,"你干得也不错。"

"如果鞋合脚,你就穿穿好……"他说。

枭嗅溪是一条小溪,只有几英里长,里面有些不错的鳟鱼。我们下了车，沿着山腰走了四分之一英里，就来到了河边。我装好了渔具。他从夹克的口袋里拿出一品脱波特酒，说："没想到吧。"

"不用了，谢谢。"我说。

他喝了一大口，然后摇着头说："你知道这条小溪让我想起了什么吗？"

"不知道。"我一边回答，一边将一只灰黄相间的钓钩装上我的第一竿。

"它让我想起了伊凡吉琳[1]的阴道，那是我儿时永恒的梦想，也是我青春的动力。"

"很好啊。"我说。

"朗费罗就是我儿时的亨利·米勒[2]。"他说。

"好。"我说。

我把钩抛向一个小水塘，水塘边的冷杉针叶在漩涡中打转。冷杉针叶转啊，转啊。它们居然是树上掉下来的，真是不可思议。它们看起来是那么满足与自然，在这水塘里，长在水做的枝丫上。

第三次抛出去的时候，有一条大鱼上了钩，但还是逃掉了。

"好家伙，"他说，"我想我还是看你钓吧。没缘

1 《伊凡吉琳》（Evangeline）是由美国浪漫主义诗人朗费罗（Henry Wadsworth Longfellow, 1807—1882）创作的叙事长诗，其中的女主角伊凡吉琳终生都在寻找失散的爱人。
2 亨利·米勒（Henry Miller, 1891—1980），美国作家，以书写情色文学著名。

分，强求不来。[1]"

我往上游走去，地势越来越高，离狭窄的峡谷越来越近。然后我走进了峡谷，就像走进一家百货商店。我在"失物招领处"钓到了三条鳟鱼。他却连渔具都没有装好，只是跟在我后面，一边喝着波特酒，一边用一根棍子戳向世界。

"这条河很漂亮，"他说，"让我想起了伊凡吉琳的助听器。"

最后，我们走到了一处很大的水塘，是由溪水冲进"儿童玩具区"形成的。水塘入口处的水浑得像奶油，随后水成了镜子，倒映着一棵大树。现在，太阳升起来了，你能看见它又如何逐渐下山。

我又把钩抛进奶油里，让钓钩上的飞蝇漂向水中倒映着的树枝上的鸟的旁边。

呼啦！

我一收线，鳟鱼开始跳腾。

"长颈鹿在乞力马扎罗山赛跑！"他喊道。鳟鱼每跳一下，他就跳一下。

"蜜蜂在珠穆朗玛峰赛跑！"他又喊道。

我没带渔网，只好拉住鳟鱼不放，将它拖向河边，然后甩在岸上。

1　此处原句为"The stolen painting is in the house next door"，出自1930 年的电影《疯狂的动物》（*Animal Crackers*）中的台词，直译为：被偷走的画在隔壁人家家里挂着。

鱼腹一侧有一条非常明显的红色带状花纹。

一条好看的彩虹。

"真漂亮。"他说。

他抓起鱼，鱼在他手里扭动。

"拧断它的脖子。"我说。

"我有个更好的主意。"他说，"在它死之前，好歹让我帮它死得舒服些。这条鳟鱼需要喝口酒。"他从口袋里掏出波特酒，拧开盖子，往鳟鱼的嘴里倒了好大一口酒。

鳟鱼开始抽搐。

它的身体颤动得非常厉害，就像地震中的望远镜。它嘴巴大张着，不停地翕动，仿佛长着人类牙齿般打着寒战。

他把鳟鱼摊在一块白色岩石上，头朝下。一些酒从鱼嘴里流出来，在岩石上留下一点痕迹。

现在，鳟鱼已经一动不动了。

"它死得很幸福。"他说。

"这是我献给嗜酒者互诫协会[1]的颂诗。"

"看这儿！"

---

1 嗜酒者互诫协会 (Alcoholics Anonymous)，1935 年成立于美国的戒酒互助组织。

"在美国钓鳟鱼"的尸检报告

"在美国钓鳟鱼"早已变身为诗人拜伦勋爵[1]，他死于希腊的迈索隆吉翁，从此他再也没有见过爱达荷的海岸，再也没有见过嘉莉溪、沃斯维克温泉、天堂溪、咸水溪和鸭湖。这是"在美国钓鳟鱼"的尸检报告。

以下为详细内容：

"尸体完好无损，死因似乎是忽然窒息。颅骨顶部打开后，发现颅骨特别坚硬，看不到任何拼合的痕迹，就像一个八十岁老者的颅骨[2]，简直可以说这个头颅由单独的一块骨头构成……脑脊膜紧紧地贴在颅骨内壁上，想把内壁的骨头锯开以分离硬脑膜和颅骨时，用上两个壮汉都做不到……大脑和小脑重约六医学磅。肾脏非常大且健康，膀胱相对较小。"

1824 年 5 月 2 日，"在美国钓鳟鱼"的尸体搭

---

1 拜伦勋爵，指乔治·戈登·拜伦（George Gordon Byron，1788—1824），第六代拜伦男爵，是英国 19 世纪初期伟大的浪漫主义诗人。
2 法医学和考古学工作者常以颅骨缝愈合度作为推断年龄的依据。一般认为随着年龄的增长，颅缝的愈合度也随之变得融合紧密。

乘轮船离开迈索隆吉翁，预计于 6 月 29 日晚到达英国。[1]

"在美国钓鳟鱼"的尸体保存在一个酒桶内，那里可以容纳一百八十加仑的灵魂[2]：哦，多么漫长的旅途，远离了爱达荷；多么漫长的旅途，远离了斯坦利盆地、小红鲑湖、大迷河，远离了约瑟夫斯湖和大木河。

---

1 1824 年，在希腊参加独立战争的拜伦死于希腊中南部城市迈索隆吉翁。他的灵柩于同年 6 月 29 日运抵英国伦敦。
2 原文为"spirit"，亦有"烈酒"的意思。

情　报

昨晚，一种蓝色的东西，烟雾本身，从我们的篝火里飘向山谷，飘入头羊的铃铛声之中，直到这种蓝色的东西与铃铛声融为一体，难以分清，用撬棍也撬不开。

昨天下午，我们驾车从威尔斯峰沿路开过来，结果遇上了羊群。它们被赶着，在路上移动。

牧羊人走到车前，他手里握着一截新折的树枝，将羊群扫到一边去。他看起来像一个瘦小的青年阿道夫·希特勒，不过很友好。

我猜路上大概有一千只羊。天气炎热，尘灰满天，嘈杂不堪，将它们赶到路边似乎用了很长的时间。

跟在羊群后面的，是一辆由两匹马拉着的有顶盖的四轮马车。第三匹马戴着铃铛，被拴在马车的后面。白色帆布在风中哗哗作响，而四轮马车上并没有车夫。座位上空空如也。

最后，这位友好的牧羊人阿道夫·希特勒将羊群中的最后一只赶离了道路。他朝我们微笑，我们向他招手，并报以"谢谢"。

我们在找一个好地方扎营。我们沿着这条路，顺着小斯莫基[1]大概走了五英里，也没有看到一处满意的扎营之地，所以我们决定掉头回到我们早前曾看到过的一个地方，靠近嘉莉溪。

"我希望那些该死的羊不要再出现在路上。"我说。

我们回到之前遇到羊的地方，羊群已经走远了，这是当然；可当我们沿着那条路继续前行时，发现前面是一路的羊粪。接下来的一英里均是如此。

我不断望向小斯莫基旁的草地，希望能看到羊群来到那里。但我一只都没有看到，只看到前面一路的羊粪。

这好像是一场由括约肌发明的比赛，我们早已经知道比分。我们摇晃着脑袋，等待比赛结束。

然后我们沿着河湾走，羊群忽然像罗马焰火筒一样炸满了整条道路，一千只羊和那个牧羊人再度出现在我们的面前，正觉得奇怪咋回事呢。我们心里也是这么想的。

后座上有些啤酒，不太冰，也不太热。我告诉你我真的尴尬。我取了一瓶，走出了汽车。

我走向了那个看起来像阿道夫·希特勒，不过很友好的牧羊人。

"对不起。"我说。

1　原文为"Little Smoky"，"Smoky"有"烟雾弥漫"之意。

"那些羊，"他说，（哦，甜美而遥远的慕尼黑与柏林之花！[1]）"有时候是挺麻烦，但总会没事的。"

"来一瓶啤酒吗？"我说，"很抱歉要你再赶一次。"

"谢谢。"他说着，耸了耸肩。他接过了啤酒，将它放在了马车的空座位上。看起来就是如此。过了很久，我们不再谈起那些羊。它们像一张最后被拖离了我们的车的大网。

我们开车来到了嘉莉溪的那个地方，支起帐篷，将物品搬离汽车，垒在帐篷里。

然后我们开车来到了溪的上游，那里布满河狸的堤坝，落叶一般的鳟鱼盯着我们看。

我们在汽车的后备厢里塞满了生火的木柴，我抓了一大堆这种落叶作为晚餐。它们都细小、黝黑、冰冷。秋天于我们有恩。

回到营地时，我们看见牧羊人的马车已经一路下去，在草地上，我听到铃铛声和遥远处羊群的叫喊声。这是最后一个圆，以阿道夫·希特勒——不过很友善的牧羊人为直径。他在这里扎营过夜。于是，在暮色里，我们的篝火中升起的蓝烟又降落，融入羊铃声里。

1　原文为"O sweet and distant blossoms of Munich and Berlin!"此句可能是作者为这位长得像希特勒的牧羊人设计的内心独白，因为慕尼黑和柏林都是跟希特勒紧密相关的关键词。柏林是德国政治中心，而希特勒正是通过慕尼黑啤酒馆暴动一举成名的。

羊群使自己渐渐进入了无意识的睡眠，一只接一只，像溃军不断倒下的旗帜。我手里是一条刚送达不久的重要情报。

上面写着：斯大林格勒。[1]

---

1 1942年7月，德国发起对斯大林格勒的战争，斯大林格勒军民浴血奋战了200多个日夜，将德军击败，最后迫使德国法西斯停止了战略进攻并且开始走向崩溃。斯大林格勒的胜利成了第二次世界大战的转折点，从根本上扭转了第二次世界大战的战局。此处可能是作者在暗喻着"胜利"。

"在美国钓鳟鱼"恐怖分子

我们的战友——左轮手枪——万岁！

我们的战友——机枪——万岁！

——以色列恐怖分子的圣歌

六年级时，一个四月的早晨，先是阴差阳错，然后是有预谋地，我们成了"在美国钓鳟鱼"恐怖分子。

事情是这样的：我们是一群奇怪的孩子。

我们总是因为恶作剧被叫到校长面前训话。他是一名年轻的校长，对付我们很有一套。

一个四月的早晨，我们站在操场边上，这里仿佛是巨大的露天桌球室，一年级的学生像桌球一样进进出出。想着又要上一天课，又要研究古巴，我们就深感厌烦。

我们当中有个人有一支白粉笔，当一个一年级生路过的时候，我们当中有个人便漫不经心地在这个一年级生的背上写下"在美国钓鳟鱼"。

一年级生扭动身体，想看看写在他背上的是什么，但他什么都看不到，于是他耸耸肩，荡秋千去了。

我们看着他走远，背上带着那一行字，"在美国钓鳟鱼"。那样子看起来还不错，而且一个一年级生的背上用粉笔写着"在美国钓鳟鱼"，是一件有趣且理所当然的事。

等到下回我又看见一个一年级生，就问朋友借来粉笔，朝他喊道："一年级的那个，过来一下。"

一年级的走过来。我说："转过去。"

一年级的转过身，我在他背上写下"在美国钓鳟鱼"。这个一年级生背上的字看起来更好。我们不由得赞赏起来。"在美国钓鳟鱼。"这句话确实给那些一年级生带来了什么。这句话使他们完整，给了他们一种等级。

"看起来很不错，对吧？"

"对。"

"那我们多找些粉笔吧。"

"好啊。"

"单杠那儿有很多一年级生。"

"对。"

我们都拿起粉笔。后来那天午饭时间快要结束的时候，几乎所有一年级生的背上都写着"在美国钓鳟鱼"，女生也不例外。

一年级的老师们把状告到了校长那儿，有位老师干脆支使了一个小女孩过去。"罗宾斯老师让我来的，"她说，"她叫我让您看看这个。"

"看什么？"校长盯着两手空空的小女孩问道。

"在我的背上。"她说。

小女孩转过身，校长大声念道："在美国钓鳟鱼。"

"谁干的？"校长问。

"六年级那帮人。"她说，"那群捣蛋鬼。他们对所有一年级生下了手，我们就都成这样了。'在美国钓鳟鱼'，这是什么意思？这可是我的奶奶刚给我买的新毛衣。"

"什么？'在美国钓鳟鱼'？"校长说，"你跟罗宾斯老师说，我过会儿去找她。"他让小女孩走后，很快就把我们这些"恐怖分子"从地狱里召唤出来，去了他那儿。

我们咚咕隆咚极不情愿地进了校长办公室。我们蹭着双脚，看着窗外，打着哈欠，其中一人还突然开始疯狂地眨眼睛。我们把手插进口袋，看了看外面，又把目光收回来，盯着天花板上的灯，那多像一颗煮过的土豆啊。然后，我们的目光滑到了墙上校长母亲的肖像上。她曾是默片的影星，被绑在铁轨上。

"'在美国钓鳟鱼'，你们听着熟悉吗？"校长说，"不知道你们今天到处走的时候，有没有在哪里看见过这行字？'在美国钓鳟鱼。'给你们一分钟好好想想。"

我们都好好地想了想。

办公室里一片安静，一片我们都很熟悉的安静，因为我们以前来过校长的办公室好几次。

"我来帮你们想。"校长说,"或许你们看见过,一年级生的背上用粉笔写着'在美国钓鳟鱼'。不知道怎么会写到背上去的。"

我们不禁紧张地笑笑。

"我刚从罗宾斯老师的班上过来,"校长说,"我让背上写了'在美国钓鳟鱼'的同学举手,所有人都举了手。只有一个没举,他整个午饭时间都躲在厕所里。你们怎么看这件事?这'在美国钓鳟鱼'。"

没有人说话。

我们当中的那个人还在疯狂地眨着眼。我敢确定,是他愧疚的眨眼把我们出卖了。六年级开学的时候,我们就不应该和他一起玩的。

"你们是不是都有份?"他说,"有没有谁没参与这件事?如果有,告诉我,现在。"

我们都沉默了,除了那个人在眨眼,眨眼,眨眼,眨眼,眨眼。突然间,我都能听见那该死的眨眼声了。那声音像极了一只昆虫正在产下我们这场灾难中的第 1000000 枚卵。

"你们所有人都干了。为什么?……为什么要在一年级生的背上写'在美国钓鳟鱼'?"

然后,校长就拿出了他那著名的对付六年级生的惯常把戏:$E=MC^2$。

"你们看这样好不好玩,"他说,"如果我把你们所有的老师叫来这里,让他们都转过身去,然后拿一支粉笔，在他们背上写'在美国钓鳟鱼'，怎样？"

我们都紧张地咯咯笑着，脸有点红。

"你们想看你们的老师背上写着'在美国钓鳟鱼'到处跑一整天，然后还教你们关于古巴的内容吗？是不是看起来很傻？你们是不是也不希望看见这样的场景？不该这样，对吧？"

"对。"我们异口同声，好像一支希腊合唱队。有的人是出声说了，有的人是点了点头，然后就是那个人，还在眨眼，眨眼，眨眼。

"我也是这么想的，"他说，"一年级生敬畏和崇拜你们，就像老师们敬畏和崇拜我。在他们背上写'在美国钓鳟鱼'根本不该发生。同意吗，先生们？"

我们都同意。

我就说他的把戏该死的每次都管用。

当然得管用。

"好了，"他说，"那么'在美国钓鳟鱼'这件事就告一段落了。同意吗？"

"同意。"

"同意吗？"

"同意！"

"眨眼，眨眼。"

但这件事并没有完，因为把"在美国钓鳟鱼"从一年级生的衣服上弄掉，得花好些工夫。直到第二天，很多人背上才没有了这行字。有些妈妈给孩子换了一件干净衣服，但很多妈妈就只是给孩子擦了擦，让孩子第二天依旧穿着那件衣服来学校，你还是能依稀看见"在美国钓鳟鱼"这行字。但过不了几天，"在美国钓鳟鱼"就彻底消失了，仿佛从一开始就注定了如此，随之，某种秋天降临在了一年级。

与联邦调查局在美国钓鳟鱼

亲爱的"在美国钓鳟鱼":

上周去上班的途中,路过河下游市场的时候,在一家商店的橱窗里看见了联邦调查局张贴的**十大通缉犯**照片。其中一张照片下面的告示单从两侧卷了起来,所以看不见全部内容。照片上的男子样貌和善,干净利索,脸上有些雀斑,还有一头(红色?)卷发。

通缉
理查德·劳伦斯·马凯特 [1]

化名:理查德·劳伦斯·马凯特、理查德·洛伦斯·马凯特

特征如下:

26 岁,1934 年 12 月 12 日生于俄勒冈州波特兰市

---

1 理查德·劳伦斯·马凯特(Richard Lawrence Marquette),通称为迪克·马凯特,美国的连环杀手,著名通缉犯。曾杀害三名妇女,并将其碎尸。

体重 170 至 180 磅

身形魁梧

浅棕色短发

形态忧郁

肤色：红润

种族：白人

国籍：美国

职业：　　　　　　　　……汽车车身

　　　　　　　　……轮胎翻新器，

　　　　　　　　　　……测量杆

……征:6 英寸的疝气疤、有刺青"妈妈"环绕

　……手上臂

　……副上义齿、有可能戴着下义齿。

　　　　　　　　　　……惯犯、

　……狂热的钓鳟鱼爱好者

(这就是告示单两侧被遮住后的样子，除了上面这些信息，你什么也读不出了，就连他为什么被通缉都不知道。)

　　　　　　　　　　　　你的老朋友

　　　　　　　　　　　　帕德

亲爱的帕德:

看见你的来信，我才明白为什么上周有两个联邦探员在端详一条鳟鱼溪。他们先察看了一条从树林里蜿蜒而下，绕过一截黑树桩，最后通往深潭的小路。深潭里有鳟鱼跃出水面。两个联邦探员望着小路、树林、黑树桩、深潭和鳟鱼，仿佛它们都是计算机在一张卡片上打出的孔 [1]。午后的太阳跨过天空，不断地改变着一切事物，两个联邦探员也随太阳改变而不断地改变。好像这是他们跟踪的一部分。

你的朋友

1　打孔卡是早期计算机的信息输入设备，通常可以储存 80 列数据，其盛行于 20 世纪 70 年代中期。

沃斯维克温泉

沃斯维克温泉一点都不好玩。有人在溪上放木板，就这样。

木板拦截了溪流，最后形成一个巨大的浴盆，溪水溢出木板顶部，使其看起来像一张寄往千里之外的大海边的明信片。

如我所说的，沃斯维克一点都不好玩，看不到汹涌的浪花，四周也没有建筑物。我们只看见一只旧鞋子躺在浴盆旁边。

温泉从一座山上流下来，穿过山艾丛，流经之处都漂着一层明亮的橙色泡沫。温泉就在浴盆的位置与小溪交汇，这正是它的奇妙之处。

我们将车停在土路上，然后走到水边，脱掉衣服，再帮孩子脱掉衣服。鹿虻扑向我们，一直到我们入水才罢休。

浴盆的边缘生长着一种黏稠的绿藻，水中还漂浮着很多死鱼。鱼的身体已经惨白，像铁门上凝结的霜。它们的眼睛鼓胀，眼神呆滞。

这些鱼犯了大错，它们游得太远了，结果死在了这一潭热水里，它们唱道："当你输了钱，就要学会认输。"

我们在温泉里玩乐、放松。黏稠的绿藻和死鱼与我们一起玩乐、放松，它们漂浮在我们周围，缠绕在我们身上。

与妻子在温泉中嬉闹的时候，我脑子里开始想这想那了。过了一会儿，我将自己没入水里，正好使孩子看不到我阴茎的勃起。

我像一只恐龙，往越来越深的水里走去，让黏稠的绿藻和死鱼渐渐将我覆没。

我妻子将孩子从水中抱出来，给了她一个瓶子玩，然后将她送回车里。孩子累了。她确实到了需要小睡一会儿的时间。

我妻子从车里取出一条毯子，遮住朝向温泉一侧的车窗。她将毯子的一头放在车顶上，用石头压住。我记得她就站在车边的情景。

然后她回到水里，鹿虻都扑向她，接着又扑向我。过一会儿，她说："我没有带子宫帽[1]，而且它在水里也不起作用。如果你不准备射进来，我觉得也没关系。你觉得呢？"

我仔细考虑了一会儿，然后说"好"。很长一段时间内，我都不准备再要孩子。黏稠的绿藻和死鱼已

1　子宫帽，一种女用的体内避孕工具。

将我们完全包围。

我记得一条死鱼漂到了她脖子下面。我等着它出现在脖子的另一边，它就出现在了另一边。

沃斯维克一点都不好玩。

于是我射了，随后在一刹那间避开了她，就像电影里的一架飞机，在俯冲中被紧急拉起，掠过一座学校的屋顶。

我的精液流进了水中，它不习惯于光亮，瞬间就变成了模糊的纤状物，然后像流星一样打转。我看见一条死鱼靠近，漂进了我的精液里，然后蜷缩在那一团迷雾中。它的眼睛呆滞如铁。

将"在美国钓鳟鱼"矮子运送给
纳尔逊·阿尔格伦[1]

去年秋天,"在美国钓鳟鱼"矮子突然出现在旧金山,他摇着一把镀铬的高级轮椅,到处晃悠。

他是一个失去了双腿的,喜欢大吼大叫的中年酒鬼。

他突然降落在北部海滩,如同《旧约》里的一章。鸟儿因为他都在秋天里迁徙。它们不得不如此。他将所到之处带入冬季,他是卷走钞票的狂风。

他会在街上拦下孩子,对他们说:"我没有双腿。劳德代尔堡[2]的鳟鱼咬下了我的双腿。但你们有。鳟鱼没有把你们的腿给咬了。把我推进那边的商店里去。"

孩子们既害怕又为难,常常会把"在美国钓鳟鱼"矮子推进商店。这些商店往往是卖甜酒的,他会买上一瓶,然后让孩子把他推回街上。他打开酒瓶,当街就喝了起来,好像自己是温斯顿·丘吉尔。

---

1 纳尔逊·阿尔格伦 (Nelson Algren, 1909—1981),美国作家。1947年法国女作家西蒙娜·波伏娃访美时与之成为情人,此时波伏娃正在创作《第二性》。

2 劳德代尔堡 (Fort Lauderdale),美国佛罗里达州的港口城市,以"美国威尼斯"著称。

过了一段时间后，孩子们见"在美国钓鳟鱼"矮子就跑，并且躲得远远的。

"我上个礼拜推过他了。"

"我昨天推过他了。"

"快，我们躲到垃圾桶后面去。"

于是他们藏在垃圾桶后边，"在美国钓鳟鱼"矮子摇着轮椅路过。直到他离开了，孩子们才松一口气。

"在美国钓鳟鱼"矮子常去《意大利报》报社，这是北部海滩斯托克顿和格林大街交界处的一家意大利报社。下午的时候，上了年纪的意大利人聚在报社前，站在那儿，倚着屋墙交谈，然后在夕阳中慢慢死去。

"在美国钓鳟鱼"矮子常常会把轮椅摇到他们中间去，仿佛他们是一群鸽子。他手里拿着一瓶酒，学着意大利人的腔调骂下流话。

意大大大大大利面！

我还记得"在美国钓鳟鱼"矮子在华盛顿广场喝醉倒下的场景，就在本杰明·富兰克林的塑像前。他向前跌倒在地，滚下了轮椅，然后就一动不动了。

大声地打着鼾。

他的上方是手里拿着帽子、像一座时钟似的本杰明·富兰克林铜像。

"在美国钓鳟鱼"矮子就躺在下面，他的脸好像在草地里展开的扇子。

一天下午，我和一个朋友谈起"在美国钓鳟鱼"矮子。我们都赞成把他和几箱甜酒装进一个条板箱，然后运给纳尔逊·阿尔格伦——对于他来说，这再好不过了。

纳尔逊·阿尔格伦总是喜欢写"铁路矮子"，那是《霓虹荒野》[1]的主人公（也就是"酒吧地板上的脸"的由来），是《野外漫步》[2]里多芙·林克霍恩的摧毁者。

我们都觉得由纳尔逊·阿尔格伦来做"在美国钓鳟鱼"矮子的监护人，是最好的选择。或许他会为矮子们造一座博物馆。"在美国钓鳟鱼"矮子就是第一件重要的藏品。

我们会把他钉进一个条板箱内，配一个大标签。

藏品：

"在美国钓鳟鱼"矮子

职业：

酒鬼

地址：

与纳尔逊·阿尔格伦住在一起

芝加哥

---

1 《霓虹荒野》(*Neon Wilderness*)，纳尔逊·阿尔格伦的短篇小说集。
2 《野外漫步》(*A Walk on the Wild Side*)，纳尔逊·阿尔格伦的小说。

箱子上会贴满提示"注意事项"的贴纸：**玻璃制品 ╱ 轻拿轻放 ╱ 小心搬运 ╱ 玻璃制品 ╱ 小心掉落 ╱ 此面朝上 ╱ 请像搬运天使一样搬运这个酒鬼。**

"在美国钓鳟鱼"矮子会在箱子里发牢骚、晕车、诅咒，然后横穿美国，从旧金山到芝加哥。

"在美国钓鳟鱼"矮子不知道为什么自己会来这里，一定会大吼大叫："我他妈到底在哪儿？我看不见酒瓶盖子了！谁关了灯？去你妈的汽车旅馆！我要撒尿！我的钥匙呢？"

这真是一个好主意。

我们就这样计划好之后，过了几天，旧金山突然下了一场暴雨。这场雨让街道乱了个底朝天，如同溺水的肺。我正赶着去上班，在十字路口遇见了溢水的排水口。

我在菲律宾人的洗衣店的橱窗前看见了喝得烂醉的"在美国钓鳟鱼"矮子，他双目紧闭，面对着橱窗。

他的脸上神情平静，看起来和常人无异。他可能在把脑子放进洗衣机里洗的时候睡着了。

又过了几周，我们还是没能把"在美国钓鳟鱼"矮子运给纳尔逊·阿尔格伦。这件事一直拖着。总是有乱七八糟的事情让我们不得闲。我们错失了黄金时间，打那以后，"在美国钓鳟鱼"矮子就不见了。

或许某天早晨他被绑走，送进了监狱，他这个邪恶的混蛋要接受惩罚了；或许他们把他送进了疯人院，将他一点点烘干。

或许"在美国钓鳟鱼"矮子摇着他的轮椅去了圣何塞 [1]，沿着公路，以每小时 0.25 英里的速度前行。

我不知道他到底发生了什么。但如果某一天他回到了旧金山并在这里死去，我有一个主意。

"在美国钓鳟鱼"矮子应该被埋葬在华盛顿广场上本杰明·富兰克林的雕像旁边。我们要把他的轮椅固定在一个巨大的灰色石头底座上，然后写上：

"在美国钓鳟鱼"矮子

洗衣 20 美分

干衣 10 美分

直到永远

1　圣何塞 (San Jose)，美国加利福尼亚州西部城市。

20 世纪的市长

伦敦。1887 年的 12 月 1 日；1888 年的 7 月 7 日、8 月 8 日、9 月 30 日、10 月的一天，以及 11 月 9 日；1889 年 6 月 1 日、7 月 17 日、9 月 10 日……

伪装得很成功。

没有人见过他，当然，除了那些受害者。他们见过他。

谁会想到这些？

他穿了一件"在美国钓鳟鱼"的衣服。肘部伪装以群山，衣领伪装以冠蓝鸦。深水流过百合花，百合花又缠绕在他的鞋带之上。一只牛蛙在他的表袋里呱呱地叫个不停，空气里弥漫着黑莓熟透的甜味。

他穿着这一身"在美国钓鳟鱼"的衣服，隐藏起他的真面目，在夜晚干一些杀人的勾当。

谁会想到这些？

没有！

苏格兰场[1]？

1　苏格兰场（Scotland Yard），伦敦警察厅的俗称。

（噗！）

他们总是在一百英里之外，戴着捕比目鱼的渔夫式样的帽子，在尘土中寻找着什么。

一无所获。

哦，现在他已经成为 20 世纪的市长！一把剃须刀、一把小刀，以及一把尤克里里琴，都是他喜欢的工具。

当然，最好还是一把尤克里里琴。除了他自己，没有人能想到作案工具是一把尤克里里琴，它像一把犁，划穿肠子。

在天堂

> 你的来信中提到了排便，你确实对在农村大便作了简单描述，其他方面也都完整，然而却回避了主题。我认为这是一种显而易见的忽视，因为我确定你早已见识到我在野营时拉屎的无穷魅力。请尽快在细节上继续努力。战壕、遮阳帽、弹弓、厕所、粪坑有多少，屁股与别人留下的藏满寄生虫的粪便有多接近。
>
> ——摘自友人来信

羊。在天堂溪，任何事物都带有羊的气息，却一只羊也看不见。我从公园管理处出来去钓鱼。公园管理处有一座纪念民间资源保护队[1]的巨大雕像。

那是一座十二英尺[2]高的大理石雕像，雕刻着一位年轻人在寒冷的清晨走向一座厕所，门的上方刻着经

1　民间资源保护队 (Civilian Conservation Corps)，美国"罗斯福新政"的就业方案之一，安排失业人士参与自然资源保育工作。
2　1 英尺约为 0.3 米。

典的半月形图案。

1930年代不会重来，但他的鞋子却被露水打湿。鞋子被打湿的样子将永远被大理石定格。

我走进了沼泽地。那里的溪水轻柔，像啤酒肚一样在草丛中铺开。很难钓到鱼。夏天的野鸭在水面扑腾着起飞。那是大绿头鸭带着它们像雷尼尔麦芽酒一样的后代。

我确信我见到了一只丘鹬。它的长嘴，仿佛是将一个消防栓伸进了卷笔刀里削尖后，安装在一只鸟的脸上，再让它在我们面前飞走，只为让我们目瞪口呆。

我在沼泽地里慢慢地辟出一条路来，直到溪水再度成为肌肉发达的事物，成为世界上最孔武有力的天堂溪。再走近些，我就看到那些羊了。有成百上千只。

任何东西都带有羊的气息。忽然之间，蒲公英变得更像羊而不是花，它每一瓣都如同羊毛，羊铃声从发黄的花瓣上滑落。而闻起来最像羊的，正是太阳本身。太阳一躲进云的背后，羊的气息就减弱了，就像依赖着老人助听器在传播。而当太阳重新出现，羊的气息变得响亮，仿佛一杯咖啡中炸起的一声惊雷。

那个下午，羊群穿过我垂钓的小溪。它们离我是那么近，羊的身影就落在我的鱼饵上。我几乎是在羊的屁眼后头钓鳟鱼。

卡里加利博士的小屋 [1]

我曾经研究过水蟒 [2]。记得童年的那个春天,当我在西北太平洋沿岸的泥潭里研究了一整个冬天后,赢得了一份奖学金。

我的书是一双购自西尔斯百货的靴子,有着橡胶的绿色书页。我的教室大多靠近海岸,多少意义深刻的事发生在那里,美好的事发生在那里。

有时候我会做实验,把木板垫进泥潭,以便看到更深一点的水域,但那儿远没有近岸的水优良。

水蟒很小,我不得不俯下身来细看泥潭,像一只溺水的橙子。世间流传着水果漂流的浪漫故事,关于河上、湖里的苹果和梨的传奇。大约一分钟过去了,我一无所见,然后水蟒才慢慢出现。

我看见黑色的、有大牙齿的一只正在追赶白色

---

1 《卡里加利博士的小屋》(*The Cabinet of Dr. Caligari*) 为著名的德国恐怖片。影片通过一个精神病患者梦魇般的回忆,叙述了身兼心理学博士和杀人狂双重身份的卡里加利的生活,是表现主义的代表作。

2 异翅目水蟒科约 30 种昆虫的统称。小型,体细长,捕食性,生活在浮生植物上或水面。

的、肩上扛着一袋报纸的一只，还有两只白色的在窗口玩牌，第四只白色的正在回头看，它嘴里含着一只口琴。

在泥潭干涸之前，我都是一个学者。然后我在一个古老的果园里以二点五美分一磅的报酬帮忙采摘樱桃。那个果园就在一条长长的、热尘飞扬的公路的旁边。

樱桃树的主人是一位中年女人，她是一个地道的俄克拉何马州村姑。她穿着一套滑稽的工装裤，名字叫里贝尔·史密斯，她是在俄克拉何马州的"漂亮男孩"弗洛伊德[1]的一个朋友。"我记得有一天下午，'漂亮男孩'开车来到这里。我冲到门口去迎接。"

里贝尔·史密斯总是抽烟，总是不停地给别人示范如何摘樱桃，然后再将他们分配到各棵树去，她还总是喜欢在衬衣口袋里装着的小本上事无巨细地做记录。她抽烟只抽一半，然后将另一半扔到地上。

摘樱桃的最初几天里，我总能看见抽了一半的烟头遍布整个果园，在厕所旁、果树旁，还有那一排排果树之间的小路上。

后来，采摘樱桃的进展实在太慢，她雇了六个流浪汉来帮忙，里贝尔每天早上去贫民区接流浪汉，用

---

[1] 应指20世纪30年代著名的美国银行劫匪查尔斯·弗洛伊德（Charles Floyd），他的外号是"漂亮男孩"（Pretty Boy）。

一辆锈迹斑斑的老卡车将他们带至果园。一直是六个，但面孔却不尽相同。

在流浪汉们开始来摘樱桃之后，我再也没有看见过她把抽了一半的烟头四处扔。它们在触及地面之前就消失了。回头去看，你也许会说里贝尔·史密斯是反泥潭的，但马上，你可能就不会这么说了。

咸水溪的郊狼们

山谷里羊的气息让它们变得兴奋、孤独、沉稳不变。整个下着雨的午后，来自咸水溪上游的郊狼的嚎叫一直在耳边回荡。

是在山谷里吃草的羊的气息使得狼群如此。郊狼的声音温润潮湿，在山谷里流淌，穿过它们的避暑别墅。郊狼的声音就是一条小溪，从大山中奔流而下，覆盖过羊群的骨头，无论它们是生是死。

哦，咸水溪上游有郊狼出没！小路上的警示牌如是说，它还写道：**小心投放在溪水里用来毒杀郊狼的氰化物胶囊。除非你是一只郊狼，否则请勿捡食。胶囊会使你中毒身亡，请远离。**

以上警示用西班牙语又重复了一遍。

¡AH! HAY COYOTES EN SALT CREEK, TAMBIEN. CUIDADO CON LAS CAPSULAS DE CLANURO: MATAN. NO LAS COMA; A MENOS QUE SEA VD. UN COYOTE. MATAN. NO LAS TOQUE.

但没有再用俄语重复一遍。

我向酒吧里的一个老家伙问起咸水溪里的这些氰化物胶囊，他告诉我那其实是一种手枪。他们将一种郊狼喜欢的气味涂抹在扳机上（可能是郊狼阴道的气味），一只郊狼寻味而至，它大大地吸了一口，一阵快感，接着是**砰**！兄弟，一切结束。

我去咸水溪的上游钓鱼，在那里抓到了一条很不错的小多莉瓦登鳟[1]。它布满斑点，体型细长，像一条你本以为只会出现在珠宝店里的蛇。但过了一会儿，它只会让我想到圣昆廷的毒气室[2]。

哦，卡里尔·切斯曼[3]和亚历山大·罗比拉德[4]！他们如同几片超出我们想象的土地的名字，那里的房子有三个卧室，地面全部覆盖着地毯，还装有水暖设备。

然后在咸水溪上，它们变成死刑来到我身边。那是一种在火车消失之后没有歌曲沿着铁轨而行，铁轨上也无丝毫震动的国家商业行为。它们应该取下被咸水溪上那该死的氰化物毒死的郊狼的头，挖空它，在

1　即花羔红点鲑（学名为*Salvelinus malma*），其俗名来自狄更斯小说中以鲜艳的红连衣裙著称的多莉·瓦登（Dolly Varden）。

2　圣昆廷监狱（San Quentin State Prison）位于美国加州，以关押穷凶极恶的重刑犯出名。它是加州最早的监狱，也是美国目前不多的使用毒气室执行死刑的监狱之一。

3　卡里尔·切斯曼（Caryl Chessman），历史上在毒气室被处决的最著名的犯人。他曾出过好几本声明其无罪的书，被翻译成二十几种文字。在用尽所有可能的法律程序后，切斯曼于1960年5月2日被处死，在随后有关死刑原则的讨论中成了一个历史标志。

4　亚历山大·罗比拉德（Alexander Robillard），因枪杀警员而被判死刑，在圣昆廷监狱中被使用毒气室处决。

太阳下晒干，再将它制作成一顶王冠。狼齿环绕王冠顶部一周，发出绿幽幽的光。

　　然后目击者、新闻记者和毒气室的仆人们不得不看着一位戴着郊狼头王冠的国王在他们面前死去，毒气在房间里升腾，就像雨中的雾气沿着咸水溪飘下山来。这里的雨已经连续下了两天，穿过树林时，心脏停止了跳动。

驼背鳟

　　两岸的小树过于密集，使溪流看起来变窄了。这条小溪像 12845 座排成一排的公用电话亭，维多利亚式的高天花板，所有的门都已被卸走，所有电话亭的后部都被敲穿。

　　有时来这里钓鱼，我觉得自己就像一个电话修理工，虽然看起来不是那么回事。那时候，我只是一个全身挂满渔具的孩子，但神奇的是，通过来这里钓鱼，我让电话得以保持畅通。我是社会的宝贵财富。

　　这是件愉快的差事，可有时也叫我不安。当天空出现几朵云，太阳黯淡，河水也会立马变得浑浊。你几乎要点起蜡烛来钓鱼，需要即时反应时还得靠狐火[1]。

　　我有一次来时，刚下起雨。河水昏暗、滚烫、雾气腾腾。我当然正在加班。利用大雨的契机，十五分钟内，我钓到了七条鳟鱼。

　　电话亭深处的鳟鱼都很不错。当中不少是小割喉

1　指菌类在黑暗中发出的荧光。

鳟[1]，六到九英寸长，完全是平底锅大小，像一次本地通话。有些家伙，大约十一英寸，仿佛一次长途通话。

我一直很喜欢割喉鳟。它们很有活力，先是抵住河床，然后高高跃起。在它们喉部下方，飘舞着开膛手杰克的橘红色旗帜。[2]

溪里还有一些顽固的虹鳟已很久没有接到电话，它们无一例外，都标准得像注册会计师。我时不时能抓到一条。它们是那么肥美、粗壮，几乎长宽相等。我曾听到过这些鳟鱼在呼唤它们的"侍卫"。

过去，我搭便车去这条小溪要花一个小时。附近还有一条河，河水并不多。这条溪倒像是我上班打卡的地方。我将卡放在打卡机上，该回家的时候还会再刷一次。

我记得钓到驼背鳟的那个下午。

我搭一个农夫的卡车来到这里。他在一片大豆地旁的交通信号灯下接上了我。一路上他一言不发。

停车，将我接上，继续前行，对他来说就像关上谷仓门，是一套自动完成的行为，完全不需要说什么话。但以每小时三十五英里的速度冲下这条道路，看着沿途的房子和树林，看着进入和闪出我视野的那些

1　即克拉克钩吻鳟（学名为 *Oncorhynchus clarkii*），会主动攻击假蝇饵、钓饵、诱饵，被视为上好的食用鱼。
2　割喉鳟腮盖即下颈处有橘红色的花纹，而开膛手杰克喜欢以割喉方式杀人。

小鸡和邮箱时，我还是感到很兴奋。

接着有好一会儿，我看不到任何房子了。"我在这里下。"我说。

农夫点了点头。卡车停下了。

"多谢。"我说。

农夫没有因为发出声音而毁了他在听的纽约大都会歌剧院的曲目。他只是又点了点头。卡车启动。他是原来那个沉默的老农夫。

一会儿之后，我来到了溪边打卡。我将卡放在打卡机上，然后走进电话亭组成的长长隧道里。

我在电话亭之间跋涉，大约经过了七十三座。我在一个马车轮一样的小洞里，捕到了两条鳟鱼。那是我最喜欢的洞，在那里总是能捕到一两条鳟鱼。

我总喜欢将这个洞想象为一种卷笔刀。我将我的反应放进去，它们出来的时候就浓缩为一个好主意。虽然这个洞只有马车轮那么大，但如果给我两三年时间，我想我能在这里捕到五十条鳟鱼。

我用鲑鱼卵作饵，用 14 号单鱼卵钓钩和承重一点二五磅的子线[1]。那两条鳟鱼就躺在完全覆盖着绿色蕨草的鱼篮里，电话亭潮湿的墙使蕨草变得温和、脆弱。

另一个好去处，有四十五座电话亭。它在一排砾

1　钓鱼用具中连接主线和鱼钩的一段渔线。

石的尽头，这些砾石因为布满藻类而变得黑褐、湿滑。砾石慢慢减少，最后消失在一个周围有些白色石头的隔板前。

其中一块石头很奇怪。那是一块扁平的白石。它在所有石头中尤为显眼，让我想起童年时曾经见过的一只白猫。

那只猫已经从华盛顿州塔科马高高的山边木栈道上失足掉了下去，或者被谁扔了下去。就躺在下面的停车场上。

猫的跌落并没有显著增加其厚度，一些人还是把车停在了那只猫身上。当然，那是很久以前的事了，那时候的车跟现在的车在外观上相差甚远。

现在，你很少能见到那些车了。它们都算老爷车了。它们从公路上消失，早已被时代淘汰。

这块扁平的白石头尤为显眼，让我想起那只死猫，它跑了过来，躺在溪边，藏在那 12845 座电话亭之中。

我往溪水里扔了一颗鲑鱼卵，让鱼卵漂过那块白石头。啪！打个正着！鱼上钩了。鱼努力朝下游窜去，扭着身子试图挣脱鱼钩，钻向深处，实在倔强、坚定、毫不妥协地往前游，最后一跃而起。有那么一瞬间，我以为那是只青蛙，我从没见过一条鱼这样跳起来。

该死的！到底怎么回事！

这条鱼再次钻进了水里，它生命的力量大声尖叫着，通过钓线传回我的手里。钓线也变成声音。像救护车的鸣笛声径直向我冲来，红灯闪烁，然后又消失不见，接着升入空气中，变成空袭警报。

那条鱼一次又一次地像青蛙一样跃起，可它并没有腿。最后它终于疲惫不堪，并且放松了警惕，我迅速挥动钓竿，将它拽出水，甩进了网袋中。

那是一条十二英寸长的虹鳟，背部高高地隆起。一条驼背鳟。我还是第一次见。这处隆起可能源自它幼年时的一道伤口。可能是一匹马踩在了它背上，或者是一棵树因暴风雨倒下而砸在了它身上，或者是它母亲产卵的地方，人们正在修桥。

这条鳟鱼有其美好之处。我只是希望当时能做一副它的死亡面具[1]。不是保存身体的模样，而是复刻它的活力。我不知道是否有人了解它的身体。我将它扔进鱼篮里。

下午晚些时候，当这些电话亭的边缘开始变得昏暗，我打卡，出溪回家。驼背鳟成了我的晚餐。裹上玉米粉，用黄油煎炸，它的驼峰吃起来很甜，仿佛爱斯梅拉达[2]之吻。

---

1 指用石膏或蜡为死者制作的雕像，保存死者的容貌以作纪念。
2 爱斯梅拉达 (Esmeralda)，《巴黎圣母院》里的女主角，被圣母院里的驼背敲钟人爱慕着。

泰迪·罗斯福的玩笑

查利斯国家森林公园于 1908 年 7 月 1 日由西奥多·罗斯福总统下令建成。据科学家称，两千万年前在国家的这一地区，随处可见三趾马、骆驼，可能还有犀牛。

我要说的就是我在查利斯国家森林公园发生的一些事情。我和妻子与她那在麦考尔[1]——在那儿得知有鸭湖，但没有找到——的摩门教[2]亲戚待了一段时间后，穿过洛曼[3]来到这里。

我抱着孩子上山。指示牌上写着"1½ 英里"。路边停着一辆绿色跑车。我们沿小路而上，遇见一个戴绿色跑车帽的男子，和一个身着浅色夏季连衣裙的女孩。

看到我们，她把卷到膝盖以上的裙边放了下来。

1　麦考尔 (McCall)，爱达荷州佩埃特湖 (Payette Lake) 南岸的一个小镇。
2　即耶稣基督后期圣徒教会，成立于 1830 年，总部位于美国犹他州盐湖城。
3　洛曼 (Lowman)，爱达荷州佩埃特河 (Payette River) 南岸的一个小定居点。

男子的裤子后袋里有一瓶酒。酒装在长长的绿酒瓶里。它探出口袋，看起来有些滑稽。

"这儿离灵监[1]还有多远？"我问。

"你们差不多走了一半。"他说。

女孩微笑着。她有一头金发，头发一上一下地跳着。蹦，蹦，蹦，就像一对生日彩球，一路穿过树丛和石堆。

我把孩子放在大树桩后空地的积雪上。她开始玩雪，过了一会儿就吃起雪来。我记得最高法院的威廉·道格拉斯法官[2]在一本书里说过：**不要吃雪。吃雪有害健康，会导致肚子疼。**

"不要吃雪！"我对孩子说。

我让她骑在我肩膀上，继续沿着灵监之路走去。那是每个非摩门教徒死后的去处。所有的非摩门教徒，包括天主教徒、佛教徒、穆斯林、犹太教徒、浸信会教徒、卫理公会教徒和国际珠宝大盗，都到那里去。只要你不是摩门教徒，就要去"灵魂牢狱"。

指示牌上写着"1½英里"。路不难走，但是忽然就没路了。我们在一条小溪附近迷失了。溪的两岸我都找过了，但是路就这样消失了。

可能是因为我们都还是活人。不过也难说。

---

1 灵监 (Spirit Prison)，摩门教术语，即地狱。
2 威廉·道格拉斯法官 (William O. Douglas, 1898—1980)，美国历史上任职时间最长 (36 年又 209 天) 的大法官。

我们转身下山。孩子又看见雪，便哭了起来，伸手要去抓。我们没时间停下来了。天色渐晚。

我们开车回到了麦考尔。那天晚上我们聊起了共产主义。摩门教女孩大声地给我们朗读《赤裸裸的共产主义者》。著书的人是盐湖城的前警长。

我妻子问女孩是否相信这本书授意于神力，是否认为这本书在某种程度上是一种宗教文本。

女孩说："不是。"

我在麦考尔的一家商店里买了一双网球鞋和三双袜子。袜子有手写的小票。我本想留着小票，但随手放在了口袋里，丢了。小票上说，若袜子在三个月内有任何问题，可以来退换。这主意好像不错。

我应该把旧袜子洗干净，然后和小票一起退回去。立刻，新袜子会在写着我名字的包裹里，在途，穿越美国。然后我只需要打开包裹，掏出新袜子，穿上。我穿上一定好看。

我真希望没弄丢那张小票。太可惜了。我只能面对新袜子没法成为传家宝的残酷现实。都怪我丢了一张小票。我的后代只能靠自己买新袜子了。

弄丢小票的第二天，我们离开了麦考尔，沿着佩埃特浑浊的南叉河一路下坡，又沿着清澈的北叉河一路爬坡。

我们在洛曼停下，喝了点草莓奶昔，然后开回山里，沿着清水溪，越过山顶，来到熊溪。

熊溪旁的树上都钉着牌子，写着：**请勿在此垂钓，否则小心脑袋**。我不想我的脑袋有事，所以把渔具留在了车里。

我们看见一群羊。孩子看见毛茸茸的动物，就会叫起来。她看见她的妈妈和我裸着身子的时候，也会发出那种叫声。孩子不停叫着的时候，我们的车穿过羊群，就好像飞机冲出云层。

孩子大叫之后，我们又开了五英里光景，就进入了查利斯国家森林公园。现在沿着山谷溪行驶，我们第一次亲眼看见锯齿山脉。慢慢阴云密布，大概是要下雨了。

"可能斯坦利在下雨了。"我说，尽管我从没去过斯坦利。虽然没去过斯坦利，但要说说那里的一些事情并不难。我们看见了通往公牛鳟鱼湖的小路。那条路看起来不错，我们到达斯坦利的时候，街道苍白而干燥，好像一块墓地和一辆运送面粉的卡车发生了高速碰撞。

我们在斯坦利的一家商店前停了下来。我买了一块糖，问在古巴钓鳟鱼怎么样。店里的女人说："你怎么不去死啊，你这个左派杂种。"我拿到了一张糖果个税发票。

老式的减免十美分税款的发票。

在那家店里，我没有打听到任何关于钓鱼的事情。店里的人都紧张得要命，尤其是一个正在叠工装裤的小伙子。他大约还剩下一百多条没有叠，他真的很紧张。

我们去了一家餐馆，我要了一个汉堡，我的妻子要了一个芝士汉堡，孩子转着圈跑来跑去，好像世界博览会里的一只蝙蝠。

有一个十来岁的小女孩，也可能只有十岁吧，她涂着口红，大嗓门，看起来对男孩已经有所了解。她正在打扫餐厅的门廊，自得其乐。

她走进餐馆，和孩子一起玩。她和孩子相处得不错，声调也降了下来，对孩子十分温柔。她说她的父亲得了心脏病，还躺在床上。"他没法起床，更没法四处走。"她说。

我们又喝了一点咖啡，我想起了摩门教。就在那天早上，我们在这家餐馆喝完咖啡，就与服务员道别。

咖啡的气味就像屋里的蜘蛛网。那味道并不好闻。无助于宗教沉思，无助于在盐湖城完成圣殿事工[1]的想法，无助于在伊利诺伊州和德国的古书中发现死去的亲戚。然后我们又开始谈论盐湖城的圣殿事工。

那个摩门教女人告诉我们，她曾在盐湖城的圣殿里举行婚礼，就在婚礼开始前，一只蚊子叮了她的手腕，手腕马上肿了，而且肿得可怕。就连瞎子也看得见蕾丝婚纱下肿胀的手腕。她很尴尬。

---

1 圣殿事工 (Temple Work)，摩门教术语，指在教堂内举行的仪式。

她说，那些盐湖城的蚊子总是把她叮咬得全身是包。去年，在盐湖城，她帮一个过世的亲戚执行圣殿事工，一只蚊子咬了她，她全身都肿了起来。"真是太丢人了，"她对我们说，"像一只气球在走来走去。"

我们喝完了咖啡，起身离开。斯坦利没有下一滴雨。还有一个小时太阳就要下山了。

我们开车去大红鲑湖，那儿离斯坦利大约四英里远，我们想好好看看那个湖。大红鲑湖附近是爱达荷州著名的森林草场露营地，布置得极其舒适。很多人来这里露营，有些人看上去已经在这里待了很久很久。

我和妻子都同意，与其他人相比，我们太小，还真不够岁数在这儿露营。而且还要交每天五十美分或每周三美元的露营费，和贫民窟的旅馆一个价；那里还人挤人。很多开着拖车来的人或者露营者把车停在了大堂前。我们连电梯都没法上，因为有一家纽约人把一辆十室的大房车停在了电梯前。

三个小孩拉着老奶奶的腿，喝着酒，从我们身边经过。她的腿僵硬笔直，屁股重重地撞在地板上。孩子们都醉得不轻，老奶奶也不是那么清醒，喊着："再打场内战好了！我准备好操他们了！"

我们去了下游的小红鲑湖。那里的营地几乎都已废弃。大红鲑湖那么多人，小红鲑湖却没几个露营的人，何况这里还免费。

我们都很好奇，这个营地到底出了什么问题。假如一场"露营瘟疫"能把所有的露营器材、车子、性器官周围的帐篷都摧毁成破帆布的话，那么这场瘟疫一定在几天前横扫了此处。现在，还在这里露营的几个人，大概是失去了意识。

　　我们兴奋地加入了他们。露营地的山景很美。我们找了一个看起来确实不错的地方，就在湖上。

　　营地第 4 区有个炉子。那是造在一个水泥基座上的方形金属盒子。盒子顶上有一个炉管，但炉管上没有弹孔。我很惊讶。因为几乎所有我在爱达荷见过的露营炉都布满了弹孔。我猜，合理的解释是爱达荷的人们一有机会，就喜欢在树林里朝那些老炉子开枪。

　　第 4 区还有一张连着椅子的大木桌，就好像那种老式的本杰明·富兰克林眼镜，有着滑稽的方形镜片。我坐在左边的镜片上，面朝着锯齿山脉。眼前的景象如同散光一般柔和起来，我自在得就像回到了家。

《将"在美国钓鳟鱼"矮子运送给 纳尔逊·阿尔格伦》一章的脚注

那么，好吧，"在美国钓鳟鱼"矮子又回到了镇上，但我觉得他已不似从前。从前的那些好日子再也不会有，因为"在美国钓鳟鱼"矮子出名了。很多新电影找上了门。

上个星期，一部"新浪潮"电影把他拉出轮椅，让他躺在一条鹅卵石巷子里，拍了几个镜头。他骂着脏话，大声咆哮，他们把这些镜头剪进了电影。

这些片段，有可能，会找另一个人来译制和配音。他们会找一个声音优雅而流利的配音演员，口齿极为清楚地控诉人类残忍相待的行为。

"'在美国钓鳟鱼'矮子，吾爱 [1]。"

他的独白是这样开始的："我曾是全美有名的追债员 [2]，大家都叫我'侦察机尼金斯基'。我的生活如此美妙。不论我去哪里，总有漂亮的金发妞跟在屁股后头。"诸如此类。他们拼命地物尽其用，想从这对空

---

1 原文为法语"Mon Amour"。
2 受雇专门寻找逃债者的调查员。

裤管和一点可怜的预算里挤出几滴奶，拍出奶油和黄油一般丰盛的电影。

但我也可能全错了。正在拍摄的这个镜头，可能是哪部名叫《外太空来的"在美国钓鳟鱼"矮子》之类的科幻片里的场景。此类廉价的惊悚片，无非是这样的主题：一群疯了或怎样的科学家，永远不该扮演上帝，而结局总是堡垒着了火，许多人穿过黑暗森林回家去。

斯坦利盆地的布丁大师

　　树木、雪和岩石的源头，以及湖后的山，许我们以永恒。但这座湖本身却塞满了成千上万愚蠢的米诺鱼[1]，它们游近岸边，争先恐后地将麦克·塞纳特[2]时代的时间吞入嘴里。

　　这些米诺鱼是爱达荷的观光胜景。它们本该成为国家级的历史文物。它们像孩子们一样游近岸边，相信自己可以不朽不灭。

　　蒙大拿大学工程专业的一位大三学生想抓一些米诺鱼，但完全用错了方法。7月4日，这个周末，来这里的孩子也是如此。

　　他们慢慢地蹚进湖中，想徒手抓鱼。他们还使用牛奶盒与塑料袋。他们在湖里折腾了许久，最后只抓到一条。这条鱼从桌上装满水的罐子里跳出来，死在了桌底。它无法呼吸、大口喘气之时，孩子的母亲正

1　米诺鱼（minnow），泛指淡水小型鱼类，特别是鲤科小鱼。
2　麦克·塞纳特（Mack Sennett, 1880—1960），美国喜剧片开创者，发掘并培养了卓别林。

在"科勒曼"[1]牌炉子上煎着荷包蛋。

这位母亲道了歉。她本该好好照看这条鱼——**这是我在尘世的失败**——她捏着这死鱼的尾巴。鱼完全弓起了身体，像一个年轻的犹太喜剧演员正在谈论阿德莱·史蒂文森。

这位蒙大拿大学工程专业的大三学生，在一个锡罐上精心打了一些洞。这些洞一圈一圈绕着锡罐，好像嘴里叼着消防栓的一条狗。然后他将一些线拴在罐子上，往罐子里放了一粒大鲑鱼卵和一片瑞士乳酪。但过了两小时，收获的只是个体又普遍的失败，于是他回到了米苏拉[2]！蒙大拿。

与我同行的妻子发现了抓米诺鱼的最佳方法：在巨大的平底锅上放一些陈年香草布丁残渣。她将锅子放进岸边的浅水区，很快，上百条米诺鱼聚拢过来。它们被香草布丁吸引住了，像儿童十字军一般钻进了锅子里。她每次都能舀上来二十条。她把装满鱼的平底锅端上岸，孩子和鱼儿们玩了一个小时。

我们盯着女儿，确保她只是稍微靠着锅。她年龄还小，我们不希望她伤害这里头的任何一条鱼。

很快了解到野兽与鱼之间的区别之后，她毛茸茸

1　科勒曼 (Coleman)，美国户外装备产品公司，第二次世界大战期间为盟军生产灯具、炉具等。
2　米苏拉 (Missoula)，美国蒙大拿州西部城市。

的声音一下变得有了银子般的质感。[1]

　　她抓住某一条鱼，细细看了它一会儿。我们把这条鱼从她手中拿走，放回平底锅里。过了一会儿，她学会了自己将鱼放回去。

　　最后她玩厌了。她弄翻了锅子，十几条鱼一下子摔到了地上。孩子的游戏，也是银行家的游戏。她捡起这些银闪闪的家伙，一次一条，将它们放回平底锅里。锅子里还残留着一点水。看得出，这些鱼也很享受。

　　她玩厌后，我们就把鱼放回了湖里。鱼都还活蹦乱跳，只是紧张不安。我怀疑它们再也不会吃香草布丁了。

1　毛茸茸（furry），也有沙哑的意思。银子（silver），也有悦耳的意思。

96

"在美国钓鳟鱼"宾馆 208 房间

　　离百老汇大道和哥伦布大道半个街区的地方，就是"在美国钓鳟鱼"宾馆，一家平价宾馆。这家宾馆有些年头了，几个中国人经营着。这些中国人挺年轻，很有干劲，大堂里飘着浓浓的来舒[1]消毒剂的味道。

　　来舒就像客人一样坐在塞满东西的家具上面，读着一份《纪事报》的体育版。那是我这辈子见过的唯一一件像婴儿食品的家具。

　　来舒还坐在一个意大利退休老头边上打着瞌睡，老头正听着时钟沉重的嘀嗒声，梦见永恒的金色意大利面、甜罗勒和耶稣。

　　中国人总是在给这家宾馆修修补补。有个星期，他们漆了一遍楼下的扶手；第二个星期，他们给三楼的一些地方贴了新墙纸。

　　无论你路过三楼那儿多少次，你都记不住墙纸的颜色和花纹。你只记得那里贴了新墙纸。它和旧墙纸不同。但你也记不起旧墙纸是什么样的。

　　有一天，中国人把一张床抬出了房间，倚在墙上。

1　来舒 (Lysol)，英国利洁时公司旗下家用清洁、消毒产品品牌。

床就在那儿搁了一个月。你终于习惯了它靠在那儿，结果有一天，你发现它不见了，很好奇床去了哪儿。

我记得第一次踏进"在美国钓鳟鱼"宾馆，是和朋友一道来这里和谁见面。

"我来介绍一下这里的情况，"他说，"她以前是电话公司的掮客。他在大萧条时期读过一段时间的卫校，后来进了演艺圈。再后来，他给洛杉矶一家'堕胎工厂'跑腿。然后被人陷害，在圣昆廷里待了一阵子。

"我觉得你会喜欢他们的。他们都是好人。

"几年前，他在北滩¹遇见了她。她那时正为一个黑人男皮条客干活。有点奇怪。大多数女人都有做妓女的气质，但她是少数丝毫没有妓女的气质的女人之一。她也是黑鬼。

"她还是一个十来岁的小姑娘时，住在俄克拉荷马的一个农场里。一天下午，皮条客正好开车经过那里，看见她在院子里玩耍。他停了下来，走下车和她父亲聊了一会儿。

"我猜他给了她父亲一点钱。他肯定是干了点好事，她父亲就让小姑娘去收拾好东西。后来她就跟皮条客走了。就这么简单。

"他带她去了旧金山，让她抛头露面，她很讨厌这样。他靠恐吓把她拴在身边。他可真是个甜心。

1　北滩 (North Beach)，旧金山东北部红灯区。

“她有些头脑，于是他给她在电话公司找了份白天的工作，晚上则替她拉皮条。

“当阿特把她从他身边带走的时候，他气疯了。她可是他唯一的好东西。他曾经半夜闯进阿特的宾馆，将一把弹簧刀抵在阿特的喉咙上，大骂脏话，咆哮着。阿特不断给门换锁，而且越换越大，但皮条客还是闯了进来——他是个大块头。

“所以阿特就在外面找了一支点三二口径的手枪，下一次他闯进来的时候，他从被单下掏出手枪，塞进他的嘴里，说：‘下次可就没这么走运了，老兄。’皮条客吓崩了。他再也没有来过。他确实丢了一个好东西。

“那皮条客以她的名义欠了几千块钱，赊账之类的。他们到现在还在还这笔钱。

“手枪就放在床边，以防那皮条客突然得了失忆症，想要在一间殡仪馆里擦亮自己的皮鞋。

“我们上楼的时候，他常常会喝酒，她不会。她只喝一小瓶白兰地。她不会给我们喝的。她一天要喝上那么四瓶，从不多买。她常常出门去，再喝个半品脱。

“她就是这样应付过来的。她话不多，也从不失控。是一个长得不错的女人。”

我的朋友敲了敲门，我们能听见屋子里有人下了床，走过来开门。

"谁？"门那边有一个男的说。

"是我。"我的朋友说，声音低沉而易于辨认。

"我来开门。"一句简单的回答。他大概开了有一百把锁，一百根插销、铁链、铁锚、钢钉和饱含酸液的藤条，然后门打开了，好像一所优秀大学所有的教室同时开了门一样。一切井然有序：床边的手枪，漂亮的黑鬼女人边上的一小瓶白兰地。

房间里养着许多花花草草。一些在梳妆台上，被老照片包围着。所有的照片上都是白人，包括年轻时候的阿特，英俊潇洒，看上去像是 20 世纪 30 年代的。

还有杂志上剪下来的动物图片，钉在墙上。它们的四周用绘儿乐[1]画出相框，还画出了悬挂它们的绳子。图片有小猫的，有小狗的，都很好看。

床边上放了一盆金鱼，就在枪的边上。金鱼和手枪放在一起，是多么富有宗教感和亲密感。

他们有一只猫，名叫 208。他们把报纸铺在卫生间的地板上，猫就在报纸上拉屎。我的朋友说，208以为自己是世界上最后一只猫了，因为它从小就没见过其他猫。他们从不让它走出房间。它是一只红色的小猫，很凶。你和它一起玩的时候，它真的会咬你。轻抚 208，它就会想把你的手开膛破肚，好像你的手是肚子，装满了特别柔软的肠子。

---

1 绘儿乐 (crayola)，美国画笔品牌。

我们坐着喝酒，谈论着一些书。阿特在洛杉矶有很多藏书，但现在都没了。他跟我们说，他还在从事演艺行业，在美国各城市间穿梭的时候，一空下来就常常跑去各地的二手书店买一些平常见不到的旧书。其中有很多是珍贵的签名本，他告诉我们，他以极低的价格买到了这些书，不过后来还是不得不以极低的价格把它们卖出去。

"现在这些书就值钱了。"他说。

黑鬼女人安静地坐在那里，研究着她的白兰地。她偶尔说几句"对的"，语气很温柔。她把这个词语发挥到了极致，当它被无意义所围绕，与其他的词语都没有关系时。

他们自己在房间里做吃的，地板上放着个轻便电炉，就在六株植物边上，其中还有一株是桃树，种在咖啡罐里。他们的衣柜塞满了吃的。罐头、鸡蛋和食用油，就和衬衣、西装、裙子摆在一起。

我的朋友告诉我她厨艺了得。就用那桃树边的轻便电炉，她真能变出一桌子的好菜，美味佳肴。

他们的世界十分美好。他的声音柔和，举止得体，曾为富有的精神病人做私家护工。靠那份工作，他挣了不少钱，但有时他自己也病了。他有些虚弱。她仍在为电话公司工作，但不再做晚上那份工了。

他们仍在还皮条客欠下的债。我是说，几年过去了，他们还在给那些东西还债：一辆凯迪拉克、一套高保真音响、昂贵的衣服，所有那些黑鬼皮条客爱买的东西。

第一次拜访之后，我又去了五六次。发生了一件有趣的事情。我假装那只猫，208，是用他们房间号取的名字，尽管我知道他们的房间是三〇几。房间在三楼。就这么简单。

我常常凭着一点"在美国钓鳟鱼"宾馆的地理知识去他们的房间，而非靠标满数字的分布图。我一直都不知道他们房间的具体号码是多少，暗地里我只知道是三〇几而已。

不管怎样，以为这只猫的名字是用他们的房间号取的，对我来说更容易在脑子里建立秩序。一只猫叫作208，好像是个不错的主意，也合情合理。但是，这肯定是不对的。这是撒谎。猫叫作208，房间却是三〇几。

为什么要叫208呢？是什么意思？我想了一会儿，就不再去想了。但我过生日的时候，又偷偷琢磨了一下，这并没有扫那一天的兴。

一年之后，我知道了208的真正含义，纯粹是出于意外。一个周六的早晨，太阳在山头闪耀时，我的电话响了。是我的一个密友，他说："我在牢里，来把我弄出去。他们在醉汉拘留所点黑色蜡烛。"

我去了司法大厅，把朋友保释出来，发现208是保释办公室的房间号。就这么简单。我花了十美元拯救了我的朋友，并且发现了 208 的本义，发现 208 是怎样如融化的雪水一路流下山坡至在"在美国钓鳟鱼"宾馆里住和玩的一只猫身上的。这只猫相信自己是世界上仅存的一只猫，在这么孤独的日子里没见过其他猫，毫无畏惧。卫生间里，报纸铺满了地板；轻便电炉里煮着好东西。

外科医生

虽然现在已是上午，黎明和日出已经过去很久，我还是看见我在小红鲑湖上开始的这一天是如此清澈，犹如黎明的第一道曙光或日出的第一缕阳光。

外科医生从他腰带处的皮鞘里抽出一把小刀，以非常轻柔的手法，切断了白鲑的喉咙。他诗意地展示出这把小刀是如何的锋利，然后将白鲑扔回了湖里。

这条白鲑溅起了笨拙的死的水花，遵守着这个世界里唯一的交通规则——**校区限速二十五英里**，然后沉入冰冷的湖底。它躺在那里，白腹翻起，好像一辆覆盖着积雪的校车。一条鳟鱼游过，仅仅是看了它一眼，就游走了。

外科医生和我聊起了美国医学协会。我完全不知道为什么会聊到这个话题，但我们确实在聊。接着他擦了擦那把小刀，将它放回了皮鞘里。我实在不知道，关于美国医学协会，我们能聊点什么。

外科医生说，他花了二十五年时间才成为一名医生。他的学习生涯因为大萧条和两次世界大战一度中止。他说，如果美国变成了社会主义国家，他将放弃行医。

"我这辈子从未拒诊过病人，也没见过拒诊病人的医生。去年，我将价值六千美元的坏账一笔勾销。"他说。

我本想对他说，一个病人不论什么情况下都不该叫坏账，但我想想还是算了。在小红鲑湖岸，没什么可以被证明或者被改变，而当那条白鲑的尸体被发现之后，这里也不再是个做整容手术的好地方了。

"三年前，我为南犹他州一家推广健康计划的协会工作，"外科医生说，"我并不介意在那样恶劣的条件下行医。病人们觉得你和你的时间都属于他们，你就是他们的私人垃圾桶。

"我正在家里吃饭，电话铃响了。'救命啊，医生！我要死了！我的胃疼死了！'我需要立马起身，冲去病房。

"我可能在病房门口就遇到那个刚给我打电话的人，他手里拿着一听啤酒。'嗨，大夫，请进。我给你拿罐啤酒。我正在看电视。现在不痛了。很好不是吗？我感觉充满活力了。请坐。大夫，我给你拿罐啤酒。埃德·沙利文秀开始了。'"

"别客气，"外科医生说，"我不想在这样的状况下行医。不了，谢谢。不用客气。"

"我喜欢打猎也喜欢钓鱼，"他说，"这是我移居双瀑市[1]的原因。我无数次听说爱达荷是多么适合打猎和钓鱼。但后来我非常失望。我放弃了练习，卖掉了我在双瀑市的房子，现在正在寻找新的落脚点。

"我给蒙大拿、怀俄明、科罗拉多、新墨西哥、亚利桑那、加利福尼亚、内华达、俄勒冈和华盛顿各个州写信，询问关于渔猎的法规，我现在正在研究它们。"他说。

"我有足够的钱让我花半年时间去寻找一处适合渔猎的好地方，然后定居下来。即使我今年不工作，也能拿到一千两百美元的个人所得税退税，也就是不工作拿两百美元一个月。我搞不懂这个国家。"他说。

外科医生的妻子和孩子就在附近的一辆拖车里。这辆活动拖车跟在一辆新式的漫步者牌旅行车的后头，在前一天晚上抵达这里。他有两个孩子，两岁半大的小男孩，和一个早产的婴儿，不过现在基本长到正常体重了。

外科医生告诉我，来这里之前，他们曾在大迷河扎营。他在那里抓到了一条十四英寸长的溪鳟。他样貌年轻，但是头发稀疏。

我和外科医生聊了一小会儿，就相互告别。那天下午，我和家人要出发去爱达荷荒漠边缘的约瑟夫斯

---

1 双瀑市 (Twin Falls)，又译特温福尔斯，美国爱达荷州的一座城市。

湖，而他将出发去美国，那个时常只存在于他脑海中的地方。

有关"露营热"风靡全美的一则笔记

毫不夸张地说,科勒曼露营灯是"露营热"目前风靡全美的象征。它邪恶的白光此刻就燃烧在美国的重重森林之中。

去年夏天,诺里斯先生正在旧金山的一个酒吧里喝酒。那是周日的晚上,他已经喝了六七杯了。他转向旁边坐在高脚凳上的人,说:"最近在忙什么呢?"

"只是喝点小酒。"那人说。

"我也是,"诺里斯先生说,"我喜欢喝酒。"

"我懂你,"那人说,"我好几年没沾酒了,最近又重新喝起来。"

"为什么不喝?"诺里斯先生问。

"我的肝脏上有个洞。"那个人回答。

"你的肝脏上?"

"是的,医生说已经大到可以在里面挥一面旗。但现在好些了。能偶尔喝上一两杯。我不应该喝的,但这点酒不能拿我怎么样。"

"好吧,我今年三十二岁,"诺里斯先生说,"有过三个老婆,孩子们叫什么名记不住了。"

隔壁高脚凳上的那个家伙，活像邻岛上的一只鸟，嘬了一口加苏打水的威士忌。他喜欢饮料里酒的声音。他将玻璃杯放回吧台。

"不要紧，"他对诺里斯先生说，"前妻生了那么多孩子，我知道怎么记住他们的名字，最好的办法是去露营，钓钓鳟鱼。钓鳟鱼是世界上记住孩子名字的最好办法。"

"真的吗？"诺里斯先生说。

"是啊。"那人回答。

"听起来是个办法，"诺里斯先生说，"我是得努力努力了。有时候我想，我是不是有个儿子叫卡尔，但又想，这不可能啊，我第三任老婆讨厌'卡尔'这个名字。"

"你可以试试露营和钓鳟鱼，"隔壁高脚凳上的人说，"包你孩子还在老婆肚子里时就能记住名字。"

"卡尔！卡尔！你妈在找你！"诺里斯先生开玩笑似的大叫道，可很快就意识到这玩笑并不好笑。他快醉了。

他已经好几杯下肚了，头不停往前倒，撞着吧台，像一声声枪响。他已经拿不住杯子了，所以也不怕割伤自己的脸。他时不时会猛地抬起头，惊愕地望着吧台四周盯着他看的人。最后他站起身来，带着酒杯回家了。

第二天上午，诺里斯先生去了一家体育用品商店，买了他需要的装备。他买了一顶中心带铝杆的9×9防水帐篷，买了一个凫绒里子的北极圈牌睡袋、一个充气床垫、一只与睡袋配套的充气枕头。想到要过夜和早起，他还买了一只电子闹钟。

他买了一只带两个炉头的科勒曼炉、一盏科勒曼露营灯、一张可折叠的铝桌、一大套可以互相扣在一起的铝制炊具、一只便携式保温箱。

他最后买了钓具和一瓶防蚊液。

第二天，他就去了山里。

几小时后，他来到了山里，前十六个营地都挤满了人。他有些惊讶。他没想到山里会有这么多人。

在十七号营地，一个人刚死于心脏病发作，随救护车来的医护人员正在收他的帐篷。他们卸下帐篷的中心杆，然后拔出四角的帐篷桩。他们将帐篷整齐地叠好，放在救护车的后头，挨着那个男人的尸体。

救护车顺着路开走时，扬起一团明亮的白尘，把他们留在了那儿。白尘看起来就像科勒曼露营灯发出的光亮。

诺里斯先生就在此处扎营了。他装配好所有设备，一切很快就开始了。晚餐吃过脱水俄式酸奶牛柳后，他用主空气开关关闭了所有的设备，就去睡觉了，因为天色已暗。

大概是半夜的时候，他们将尸体搬运到了帐篷旁边，离诺里斯先生的北极圈睡袋不到一英尺。

当他们搬运尸体的时候，他醒了。倒也没说他们是这世界上最安静的尸体搬运工。诺里斯先生能看到尸体戳到帐篷，帐篷突出了一块。唯一能将他与那具尸体隔开的就是那层6盎司的薄膜——防水、防霉**快干绿色亚美飞力士**府绸。

诺里斯先生拉开睡袋，带上猎狗似的大手电走到外头。他看见尸体搬运工们正沿着小路往小溪边走去。

"喂，你们！"诺里斯先生叫道，"回来，你们落东西了！"

"落什么了？"其中一个人问。手电筒的牙齿咬住他们，他们像羊群一样，有些不安。

"你们知道落了什么，"诺里斯先生说，"赶紧地！"

尸体搬运工们耸了耸肩，互相对视了一下，然后很不情愿地往回走。他们像孩子一样，一路拖拖拉拉。他们抬起尸体。尸体很沉，其中一人很难抓住尸体的双脚。

那个人用无望的语气对诺里斯先生说："你想好了？"

"晚安，再见。"诺里斯先生回答。

他们抬着尸体，沿着小路走向小溪。诺里斯先生关掉手电筒，听到他们正磕磕绊绊地穿过河岸的乱石堆。他还能听到他们互相咒骂。他听到其中一个说："抬好你那头。"然后他就什么都听不见了。

大概十分钟之后，他看见溪水下游的另一个营地亮起了各种灯光。他听见一个声音远远地叫道："答案是不！你们都吵醒孩子们了！他们必须休息了。我们明天去鱼鼻子湖，还要徒步四英里。去其他地方吧。"

对本书封面的回信

亲爱的"在美国钓鳟鱼":

我在华盛顿广场遇到了你的朋友弗里茨,他要我告诉你,他的案件已移送陪审团,并且陪审团宣告他无罪。

他说,他的案件已移送陪审团,并且陪审团宣告他无罪,这对我而言非常重要,所以我又说了一遍。

他坐在阳光下,看起来状态不错。有一句旧金山老谚语是这么说的:"待在加利福尼亚成人管理局,不如待在华盛顿广场。"

你在纽约过得怎么样?

你的

狂热崇拜者

亲爱的狂热崇拜者:

很高兴听说弗里茨没受牢狱之灾。他非常担心自己会进去。我上次在旧金山的时候,他告诉我,支持他无罪的人大概以 10 比 1 领先。我叫他去找一个好律师。看样子他接受了我的建议，而且他确实也比较幸运。听话和幸运，总是完美的组合。

你问我纽约怎么样，纽约很热。

我暂住在一位年轻的窃贼和他妻子的家里。他失业了，妻子是一名鸡尾酒女郎。他已经找了很久的工作，可我担心他找不到。

昨晚特别热，为了凉快些，我将一条湿床单裹在了身上。我觉得自己像是个精神病人。

半夜我就醒了，房间里弥漫着床单上散发出来的蒸气。地板和家具上，到处散落着丛林植物、废弃设备和热带花卉。

我将床单带进浴室，扔进浴缸里，拿冷水浇。他们的狗钻进浴室来，冲我不停地叫。

狗吠声非常大，浴室里很快挤满了死人。其中一个想用我的湿床单做裹尸布。我拒绝了，然后我们大吵了一架，把隔壁的波多黎各人也吵醒了，他们便开始不断地捶墙。

最后，死人都怒气冲冲地走了。"我们知道自己不受欢迎。"其中一个说。

"你他妈的说得没错。"我说。

我已经受够了。

我准备离开纽约。明天就出发去阿拉斯加。我要去寻找一条靠近北极的冰冷小溪。那里生长着奇特而美丽的苔藓，还可以在那里钓一星期的河鳟。我的地址会改成:阿拉斯加费尔班克斯[1]邮局存局候领处[2],转"在美国钓鳟鱼"收。

你的朋友

在美国钓鳟鱼

---

1 费尔班克斯 (Fairbanks),阿拉斯加州中部的城市,矿藏丰富。
2 存局候领处 (General Delivery),邮局设立的存局候领邮件、汇款业务的部门,以方便住址流动或住址尚未确定的用户接收邮件、汇款等。

115

约瑟夫斯湖的那些日子

　　我们离开了小红鲑湖，去往约瑟夫斯湖，途经之处都有好听的名字：从斯坦利到牛角，到海沫，再到速流河，溯浮溪而上，经过灰犬矿，然后到约瑟夫斯湖，几天后再沿着小路往上走，到驭冥湖去。孩子骑在我的肩膀上，驭冥湖里有大量好鳟鱼等着我去钓。

　　我知道那些鳟鱼会等在那儿，就像等着我们登机的机票一样。我们在蘑菇泉歇了歇脚，喝了几口冰冷而虚无的泉水，拍了几张孩子和我一起坐在一段木头上的照片。

　　我希望有一天，我们能有钱把这些照片洗出来。有时我会对照片充满好奇，不知道能不能冲印成功。现在，它们悬而未定，像包裹里的种子。照片冲洗出来的时候，我应该年纪更大了，也更容易开心。看，是孩子！看，是蘑菇泉！看，那是我！

　　我到达驭冥湖一个小时以后，就抓够了鳟鱼，妻子对我的收获备感兴奋。她让孩子直接在阳光里睡去。孩子醒来的时候吐了，我沿着小路把她送回去。

　　我妻子一言不发地跟在后面，提着鱼竿和鱼。孩子又吐了几次，每次都只吐一点点淡紫色的呕吐物，但还是沾到了我的衣服上。她的脸很烫，而且发红。

我们停在蘑菇泉。我给她喝了一点泉水，没有很多，让她漱漱口。然后我把衣服上的呕吐物擦干净，突然，不知道是什么原因，我觉得这是一个思考阻特装[1]的好时机。

和二战、安德鲁斯姐妹[2]一道，阻特装在20世纪40年代早期风靡世界。我猜这些都是一时的流行，不会长久。

1961年7月，一个从驭冥湖下来的病孩子，可能是一个更重要的问题。这个问题不能永远存在下去；从整个银河系来看，这个病孩子将和其他彗星一起，注定每隔173年就会光临一次地球。

她来到蘑菇泉之后就不吐了，我沿着小路把她抱回去，在阴影里穿梭，越过其他无名的泉水，等我们往下走到约瑟夫斯湖的时候，她就完全好了。

很快，她就抓着一条割喉鳟跑来跑去，好像提着一把竖琴赶往音乐会——迟到了十分钟，公交车和的士已不见了踪影。

---

1 阻特装 (Zoot Suit)，美国20世纪40年代流行于爵士迷间的男士套装，其西装外套过膝，有大垫肩，西裤高腰、宽松、裤脚窄。
2 安德鲁斯姐妹 (Andrews Sisters)，美国20世纪三四十年代最受欢迎的和声乐队。

在永恒之街钓鳟鱼

永恒之街[1]：我们从格拉塔奥[2]出发，那里是贝尼托·华雷斯[3]的故乡。我们没有走马路，而是沿着小溪旁的小路上去。几个在格拉塔奥上学的男孩告诉我们，沿着小溪就是一条捷径。

小溪挺清澈，只是有些许浑白，我记得小路有几处很陡。我们碰见从上游来的人，因为这条路真的是捷径。他们都是印第安人，背着一些东西。

最后，小路和溪流分道扬镳，我们翻过一个山坡，来到了墓地。这是一处很老的墓地，几近破败，杂草与死亡丛生，如一对舞伴。

那里有一条鹅卵石铺成的街道，从墓地通往伊斯特兰镇，它就在另一座山顶上。沿着街道行走，一路都没有房屋，直到你抵达城镇。

1　原文为西班牙语"Calle de Eternidad"。
2　格拉塔奥 (Guelatao)，位于墨西哥瓦哈卡州。
3　贝尼托·华雷斯 (Benito Juárez，1806—1872)，曾于 1858 年至 1872 年期间 5 次出任墨西哥总统。

在世界的发丛里，通往伊斯特兰的街道很陡。有一个路标指向墓地，然后就是一条鹅卵石街道，每一颗石头都充满了关爱。

我们仍旧爬得喘不过气。路标上写着"永恒之街"，指示方向。

我并不是一个环球旅行家，不常来南墨西哥的异域之地。我还是一个小孩的时候，曾给太平洋西北地区[1]的一个老妇人干活。她已经九十多岁了。我每天下课后和每周六都为她干活，暑假也去。

她有时会为我做午餐，小小的鸡蛋三明治，面包皮已经切下，刀法如内科医生的手术一般。她还会给我吃蘸了蛋黄酱的香蕉。

这个老妇人一个人住，仿佛这房子是她的孪生姐姐或妹妹。房子有四层楼，少说也有三十个房间。她身高五英尺，体重约有八十二磅。

她有一只 1920 年代产的大收音机。这是屋子里唯一一件远看像产于本世纪的东西，而且对此我仍心存疑虑。

很多车子、飞机、吸尘器、冰箱，以及来自 1920 年代的东西，都好像来自上个世纪末。是我们的速度之美使它们到了这个地步，使它们过早地衰老，衰老得如同上一个世纪的服装和思想一般。

1　指美国西北部地区和加拿大西南部地区。

老妇人有一条老狗，但它也没什么好指望的。它太老了，看起来像一只填充玩具。有一次我遛它去了一趟商店，跟遛一只填充玩具没什么区别。我把它拴在一个填充消防栓上，它就在上面撒了尿，但那只不过是填充尿。

我走进店里，给老妇人买了些填料。好像是一磅咖啡和一夸脱蛋黄酱。

我帮她做事儿，比如割加拿大蓟。1920年代的时候（或是1890年代），她在加州开车，她的丈夫把车停在了加油站，叫服务员把油加满。

"来点野花籽怎么样？"服务员说。

"不用了，"她丈夫说，"只要汽油。"

"我知道，先生。"服务员说，"但我们今天加油送野花籽。"

"好吧，"她丈夫说，"那就给我们一点野花籽。但是一定要给车加满汽油。汽油才是我真正想要的。"

"它会让你的花园更靓丽的。"

"汽油？"

"不，先生，野花。"

他们回到西北部，种下了那些花籽，长出了加拿大蓟。每一年我割了之后，总是又长出来。我倒了一些化学药剂在上面，它还是一直长出来。

脏话对它的根来说是音乐。颈后的狠狠一击对它来说是大键琴响起。那些花就永远在那里生长着。谢谢你，加州，谢谢你漂亮的野花。我每年都得割一批下来。

我也帮她做过其他事情，例如用老旧得不行的割草机给她的草坪除草。我第一次给她干这个活的时候，她就提醒我，要小心那架割草机。几个星期前，一个人路过她家，问她讨些工作，好让他有钱租住旅店房间，再买点吃的。她说："你就割草吧。"

"谢谢您，夫人。"他话刚说完，出去割草，随即用那台中世纪的机器切下了三根手指。

我一直很小心地用那架割草机，我知道那里的哪里飘荡着些三根手指的鬼魂。它们可不需要我的手指做伴。我的手指好好地长在手上，看起来好极了。

我帮她把堆满石头的花园清理干净，每当发现有蛇，我都跟她说。她让我把它们给杀了，但我实在不知道白白杀了束带蛇有什么好的。不过我还是得把它们除掉，因为她总信誓旦旦地说如果她踩到了这些东西，非犯心脏病不可。

所以我就抓住了它们，将它们送去街对面的院子里。那里有九个老太太，可能她们在牙刷里看见了这些蛇，于是犯心脏病死了。幸好她们被抬走的时候我不在。

我得把丁香花丛里的黑莓除去。有时她会给我一些丁香花让我带回家，那些花很好看。我骄傲地举着花走在街上，感觉很好，就像举着那著名的儿童饮料——好花酒——的杯子。

我要给她的炉子劈柴。她平时在柴炉上做饭，冬天的时候用大的木火炉取暖。她增减着火，就像冬天的时候的艇长在暗无天日的海底驾驶着潜艇。

夏天，我往她的地窖里不断地扔一捆捆柴火，直到我把自己给扔傻了，所见的一切都成了木头，甚至天上的白云、停在街上的车子和猫，都像木头。

我给她做各种鸡毛蒜皮的杂事。找一把1911年丢失的螺丝刀。春天里给她摘一盘酸樱桃，把树上剩下的樱桃摘了全归我自己。修剪后院里那些蠢得要死的树木，包括堆了很久的木柴边上的那些树。除草。

初秋的一天，她把我借给了隔壁的女人，替她的柴火棚补好一个小漏洞。那个女人给了我一美元小费，我说了声谢谢。后来下雨的时候，她存了十七年的用来生火的旧报纸全被淋湿了。从那以后，每次我经过她屋子的时候，她都会狠狠地看着我！我很庆幸没被处以私刑。

我冬天不用给老太太干活。十月底我就能收工了，耙完落叶什么的，或者是把最后一条咕哝叫的束带蛇送到冬季营地——街对面老女人的牙刷瓦尔哈拉[1]里去。

---

[1] 瓦尔哈拉（Valhalla），北欧神话主神兼死亡之神奥丁接待英灵的殿堂。

然后她会在春天给我打电话。我每次接到电话，听见她细弱的声音，都感到惊讶，惊讶于她居然还活着。我会骑上马，去她家，所有的一切又重新开始，我会赚几块钱，抚摸那只填充玩具似的狗被太阳晒得暖暖的毛。

一个春天，她让我去阁楼上整理几个箱子出来，扔点东西出去，再放些东西回到这个想象中的合适之处。

我一个人在上面待了三个小时。感谢上帝，这是我第一次也是最后一次去那里。那里塞满了东西。

世上所有老旧的东西都在那个阁楼上。我多数时间里都在东看西看。

一个旧行李箱引起了我的注意。我解开绳子，拨开几个插销，打开了这个该死的东西。箱子里装满了渔具。包括一些旧钓竿、钓线盘、钓线、钓靴、鱼篓，还有一个金属盒子，装着满满的飞蝇、钓饵和钓钩。

一些钓钩上还钩着虫子，这些虫子有几年甚至几十年的岁数了，石化在钓钩上。这些虫子已经成了金属钓钩的一部分。

箱子里还有一些"在美国钓鳟鱼"护甲；一只饱受风雨的头盔边上，我看见一本旧日记。我翻到第一页，上面写道：

阿朗索·哈根的钓鳟鱼日记

我觉得这是老太太弟弟的名字，大概年轻的时候因为奇怪的病去世了。这是我竖起耳朵，看到了她明显地摆在客厅里的一张大照片发现的。

我翻到旧日记本的下一页，它这样写道：

钓鱼次数和逃走的鳟鱼数量记录

1891 年 4 月 7 日	逃走	8
1891 年 4 月 15 日	逃走	6
1891 年 4 月 23 日	逃走	12
1891 年 5 月 13 日	逃走	9
1891 年 5 月 23 日	逃走	15
1891 年 5 月 24 日	逃走	10
1891 年 5 月 25 日	逃走	12
1891 年 6 月 2 日	逃走	18
1891 年 6 月 6 日	逃走	15
1891 年 6 月 17 日	逃走	7
1891 年 6 月 19 日	逃走	10
1891 年 6 月 23 日	逃走	14
1891 年 7 月 4 日	逃走	13
1891 年 7 月 23 日	逃走	11
1891 年 8 月 10 日	逃走	13
1891 年 8 月 17 日	逃走	8
1891 年 8 月 20 日	逃走	12

1891 年 8 月 29 日	逃走	21
1891 年 9 月 3 日	逃走	10
1891 年 9 月 11 日	逃走	7
1891 年 9 月 19 日	逃走	5
1891 年 9 月 23 日	逃走	3

钓鱼次数总计　22　　逃走总计　239

每次钓鱼平均逃走　10.8

　　我翻到第三页，似乎跟前一页没什么差别，只有年份变成了 1892 年，阿朗索·哈根钓了 24 次鳟鱼，逃走 317 条，平均每次逃走 13.2 条。

　　下一页是 1893 年，钓鱼总计 33 次，逃走 480 条，平均每次逃走 14.5 条。

　　下一页是 1894 年，钓鱼总计 27 次，逃走 349 条，平均每次逃走 12.9 条。

　　下一页是 1895 年，钓鱼总计 41 次，逃走 730 条，平均每次逃走 17.8 条。

　　下一页是 1896 年，阿朗索·哈根只去钓了 12 次，逃走 115 条，平均每次逃走 9.5 条。

　　下一页是 1897 年，他只去钓了 1 次，逃走 1 条，平均每次逃走 1 条。

　　日记的最后一页是 1891 年至 1897 年的合计。阿朗索·哈根总共钓了 160 次鳟鱼，逃走 2231 条鳟鱼，七年平均每次逃走 13.9 条。

在合计的下面，有一篇短短的阿朗索·哈根的"在美国钓鳟鱼"墓志铭。它这样写道：

我受够了。

至今为止，我已钓鳟鱼七年，

没有抓到一条鳟鱼。

每条上钩的鳟鱼最后都逃之夭夭。

它们要么是跳着逃走了，

要么是扭了几下逃走了，

要么是弄破了我的捞鱼网，

要么是扑通一声掉落，

要么是他妈滚开了。

我的手从未抓住过一条鳟鱼。

尽管沮丧不已，

我相信这些失去仍是

一次有趣的探索，

但明年还会有人

得去钓鳟鱼。

还会有人

走上我的路。

毛 巾

我们开车离开约瑟夫斯湖和海沫。途中我们停下来喝水。森林里出现一座小小的纪念碑，我走过去看看是什么情况。守卫室的玻璃门半开着，一条毛巾挂在另半扇门上。

纪念碑的正中央是一幅照片。就像我之前见过的一样，那是一幅典型的森林风景图，在美国 20 世纪二三十年代很是常见。

照片里有一个看起来很像查尔斯·A. 林白的人。他看上去就像电影《圣路易斯之魂》[1] 中的林白一样高贵、眼神坚定，只是他的北大西洋是爱达荷的森林。

有一个女人依偎在他身边。她就像过去那种惹人喜爱的女人，穿着她们常穿的衣服，戴着头巾，脚蹬那种高帮的系带靴。

他们就站在守卫室门口。天空就在他们身后，不

---

1 《圣路易斯之魂》(*The Spirit of St. Louis*, 1957)，美国电影，又译为《林白征空记》，是查尔斯·林白的传记电影，由比利·怀尔德执导，詹姆斯·斯图尔特主演，片名取自林白挑战飞越大西洋时所驾驶的飞机"圣路易斯之魂"。

过数英尺之遥。那时候，人们喜欢照相，他们喜欢被装进照片里。

纪念碑上写着些字，道：

> 纪念查理·J.兰格，查利斯国家森林的地区护林员，他在附近搜寻空军轰炸机机组幸存者时遇难。1943年4月5日，美国空军飞行员比尔·凯利上尉和飞机副驾驶阿瑟·A.克罗夫茨的飞机坠毁于此。

哦，一张照片在大山深处守卫着一个男人的记忆。那张照片就孤零零地在那里。在他死后的十八年，雪花正在飘落。它覆盖了门。它覆盖了毛巾。

沙坑减去约翰·迪林杰等于什么？

我经常会回到《在美国钓鳟鱼》的封面[1]。今天早晨，我带着孩子又来到了这里。他们在用旋转式大型喷灌机给封面浇水。我看见草地上有一些面包片。它们被扔在这里喂鸽子。

那些意大利老头总是做同样的事情。面包被水泡成了糊状，在草地上压得扁扁的。呆笨的鸽子都等在那里，等着水和草地将面包咀嚼好，喂到它们嘴里。

我让孩子在沙坑里玩，而自己坐在一条长椅上，随便看看四周。一个披头族[2]坐在长椅的另一头。他身边放着睡袋，吃着苹果馅饼。他有一大袋苹果馅饼，像一只火鸡一样，他正狼吞虎咽。这更像一场抗议，而不是为导弹基地设立纠察岗哨。

孩子在沙坑里玩耍。她穿着红裙子，在她红裙子后方，高耸着一座天主教堂。在红裙子与教堂之间，有一座砖砌的厕所。它像是有人故意放置在这里的。

1　参见本书第一章，《关于〈在美国钓鳟鱼〉的封面》。
2　披头族（beatnik），指"垮掉的一代"的参与者。

女左，男右。

"红裙子"，我想。为联邦调查局给约翰·迪林杰设下圈套的女人不就是穿着红裙子吗？他们将她称为"红衣女士"。

看来我是对的。就是一条红裙子，但目前为止，约翰·迪林杰还不见踪影。我女儿孤零零地在沙坑里玩。

沙坑减去约翰·迪林杰等于什么？

披头族走去喝了一杯取自喷泉的水。喷泉就钉死在砖砌厕所的墙上，更靠近男厕而非女厕的一边。他不得不就着水将那些苹果馅饼都咽下去。

这座公园里有三个喷灌器在喷水。其中一个在本杰明·富兰克林雕像的前面，一个在它的侧面，还有一个正好在它的后面。它们都在打着转。我看见本杰明·富兰克林在水花中耐心地伫立着。

本杰明·富兰克林侧面的喷灌器喷出的水撞击在他左边的树上。树干被猛地一撞，一些树叶掉了下来。然后水柱又撞击中间的树，树干被猛地一撞，更多的树叶掉了下来。然后它喷向本杰明·富兰克林，水射向石像的三面，水雾随之飘下。本杰明·富兰克林的鞋子湿了。

阳光猛地照在我身上。阳光明亮而炙热。过了一会儿，阳光让我感觉有些不适。唯一的影子落在那个披头族身上。

那个影子来自莉莉·希区柯克·科伊特[1]的雕像，它表现的是金属制成的一名消防员正从一片金属制成的火焰中救出一个金属制成的娘们儿。现在，那个披头族躺在长椅上，那道阴影比他长两英尺。

我的一位朋友曾经为这座雕像写过一首诗。该死的，我真希望他为这座雕像再写一首诗，这首诗要能给我一个影子，比我的身体长两英尺的影子。

关于"红衣女士"，我是对的，因为十分钟之后，约翰·迪林杰就被击倒在沙坑里。机枪扫射的声音惊起了很多鸽子，它们匆匆飞进教堂。

随即有人看见我女儿上了一辆黑色大轿车。她还不会说话，但没关系，那条红裙子就已足够说明一切。

约翰·迪林杰的尸体一半横在沙坑里，一半在沙坑外；更准确地说，是朝着女厕而非男厕的那一边。尸体正在渗血，就像早先用塑料袋包装的人造奶油漏了出来——多么美好的旧时代啊，那时的人造奶油跟猪油一样白。

那辆黑色大轿车启动了，开上街道，顶灯闪烁。它在菲尔伯特街和斯托克顿街交会处的一家冰激凌店门口停了下来。

一名特工下了车，走进店里，买了两百个双球蛋

---

1 莉莉·希区柯克·科伊特 (Lillie Hitchcock Coit, 1843—1929)，美国著名的女性消防志愿者。

卷筒冰激凌。他需要用一辆独轮小推车将它们带回黑色大轿车里。

我最后一次看见"在美国钓鳟鱼"

　　我们最后一次相遇是在七月，大木河，离凯彻姆[1]十英里的地方。海明威刚刚在那里自杀，可是我当时对他的死一无所知。直到几个星期以后，我回到旧金山，拿起一份《生活》杂志，才看见他的死讯。封面上就是海明威的照片。

　　"我想知道海明威到底怎么了。"我自言自语。我翻开杂志，找到了登载他死讯的那几页。"在美国钓鳟鱼"忘了跟我说这件事。我保证他知道。肯定是他忘了。

　　与我同行的妻子痛经了，她想休息一会儿。于是我带上孩子和直柄竿，往大木河走去。在那里，我遇见了"在美国钓鳟鱼"。

　　我抛出一只酷毙牌拟饵，让它随河流急转而下，然后漂至岸边。拟饵颤悠悠地漂着。我们聊天的时候，"在美国钓鳟鱼"为我看着孩子。

　　我记得他给她一些五颜六色的石头玩。她挺喜欢

1　凯彻姆 (Ketchum)，美国爱达荷州城市。

他，爬到他的膝盖上，开始把那些石头放进他衬衣的口袋。

我们聊到了蒙大拿州的大瀑布村。我跟"在美国钓鳟鱼"说起我童年时代在大瀑布村度过的一个冬天。"那还是二战时期，我把一部狄安娜·窦萍主演的电影看了七遍。"我说。

孩子把一颗蓝色的石头放进"在美国钓鳟鱼"的衬衣口袋里。他说："我去过大瀑布村很多次。我记得那些印第安人和毛皮贩子。我记得刘易斯和克拉克[1]，但我从不记得在大瀑布村看过什么狄安娜·窦萍的电影。"

"我知道你的意思，"我说，"大瀑布村的其他人也不理解我对狄安娜·窦萍的热情。电影院里经常空无一人。那家电影院的黑暗与我此后去的任何一家电影院的都不一样。有可能是因为外面下着雪，而里面放映着狄安娜·窦萍吧。我也不知道。"

"电影的名字叫什么？""在美国钓鳟鱼"问。

"我不知道，"我说，"她经常唱歌。有可能她演一个合唱队里想上大学的女孩，或者是一个富家女，或者是她们做什么事需要一笔钱，或者是她做了什么事。不管是什么，她总是唱歌！唱歌！但我他妈的一

---

[1] 指美国著名的探险家刘易斯和克拉克 (Lewis and Clark)，他们带领一支远征队进行了美国国内首次横越大陆西抵太平洋沿岸的往返考察活动。

个字也记不得了。

"一个下午，我再次看完狄安娜·窦萍的电影后，我去了密苏里河。密苏里河有一段结了冰。那里有一座铁路桥。看见密苏里河并没变样，而且越来越像狄安娜·窦萍，我舒了一口气。

"我有一个童年时的幻想：我去到密苏里河，它看起来就像狄安娜·窦萍的一部电影——她演一个合唱队里想上大学的女孩，或者是一个富家女，或者是她们做什么事需要一笔钱，或者是她做了什么事。

"直到今天，我也不知道为什么把那部电影看了七遍。它正如《卡里加利博士的小屋》一般致命。不知道密苏里河是不是还在那儿？"我说。

"还在，""在美国钓鳟鱼"微笑着说，"但看起来已经不像狄安娜·窦萍了。"

孩子已经把十多块彩色石头放进了"在美国钓鳟鱼"的衬衣口袋里。他看着我，微微一笑，等着我继续把大瀑布村的事情说下去，但就在此时，我的拟饵开始剧烈抖动，我赶紧把鱼竿收回来，但鱼已经逃走了。

"在美国钓鳟鱼"说："我认识刚刚上钩的那条鱼。你永远也抓不住它。"

"哦。"我说。

"对不起，""在美国钓鳟鱼"说，"你继续试试吧。它还会再咬几次钩的，但你抓不住它。它不是特别聪明的一条鱼。只是运气很好。有时候你所需要的只是运气。"

"是啊,"我说,"没错。"

我又把拟饵抛了出去,继续说起大瀑布村。

然后我按顺序,毫无差错地,把关于蒙大拿州大瀑布村的最不重要的十二件事列举了一遍。关于这最不重要的十二件事,我这样说:"对啊,电话会在早上响起。我会下床,但不用接电话。电话很多年前就已经被接起来了。

"外面的天还是黑的,旅店里黄色的墙纸慢慢退回到灯泡那儿。我会穿上衣服,下楼到餐厅里去,我的继父整夜在那里做菜。

"然后我吃早饭,热气腾腾的蛋糕、鸡蛋,诸如此类。接着他会给我做午饭,还是那些东西:一块馅饼、一只石头一般冰冷的猪肉三明治。然后我就走着去学校。我是说,我们三个,'神圣的三位一体':我、一块馅饼、一只石头一般冰冷的猪肉三明治。这样的日子过了几个月。

"幸运的是,这种日子有一天终于结束,那时候我还没有长大之类的正事要做。我们整理好行李,乘一辆公交车离开了大瀑布村。这就是蒙大拿州大瀑布村的一切。你说密苏里河还在那里?"

"是的,但是看起来不再像狄安娜·窦萍了。""在美国钓鳟鱼"说,"我记得刘易斯发现瀑布的那天。他们在日出之时离开营地，几个小时以后，到达一片美丽的平原。平原上有很多水牛，他们从来没在一个地方见到过这么多水牛。

"他们继续走，直到听见远处传来的瀑布声，看见腾空而起又消失不见的浪花。他们循声而去，水声越来越大。不一会儿，声音就已经震耳欲聋，他们来到了密苏里河的大瀑布，他们到达那儿时已是正午。

"那天下午发生了一件很棒的事，他们去瀑布底下的水潭钓鱼，钓到了六条鳟鱼，很好的鳟鱼，有十六到二十三英寸长。

"那是 1805 年 6 月 13 日。

"不，我想刘易斯是不会理解的，如果密苏里河突然间看起来像一出狄安娜·窦萍的电影，像一个想上大学的合唱队的姑娘的话。""在美国钓鳟鱼"说。

在加州灌木丛中

我刚从"在美国钓鳟鱼"回来，高速公路把它长而光滑的锚挂在我的脖子上，使得我停了下来。现在，我住在这里。我用了一生跋涉至此，跋涉至磨坊谷的这间奇怪的小屋。

我们跟帕德和他的女友住在一块儿。他们租了小屋三个月，6月15日至9月15日，房租一百美金。我们几个人挺玩得来，都住在一块儿。

帕德的父母是一对来自英属尼日利亚的俄克拉何马州农夫。他两岁时来到美国，在俄勒冈州、华盛顿州和爱达荷州的农场里长大。

他在第二次世界大战时是一名对德作战的机枪手。他在法国和德国打过仗。中士帕德。他战后去了爱达荷州的一所什么农民大学。

等到大学毕业，他去了巴黎，成为一名存在主义者。他拍过一张照片，照片里他和"存在主义"坐在路边的露天咖啡馆里。帕德那时蓄着胡子，似乎有着身体无法容纳的巨大灵魂。

帕德从巴黎回到美国以后，在旧金山湾当上了拖船工人，后来又去了爱达荷州的菲勒当铁路工人，在调车房里工作。

当然，在这期间，他结了婚，有了一个孩子。妻子和孩子现在已经离开了他，如两颗苹果，不知被二十世纪无常的风吹去了何处。我一直觉得那是无常的风。在秋天里倒下的家庭。

和妻子分开后，他去了亚利桑那州，做过记者和几家报社的编辑。他在墨西哥边陲小镇纳科混小酒馆，喝特里温福的梅斯卡尔酒[1]，玩扑克，把自己屋子的天花板打满了枪眼。

帕德说过一个故事。他有一天早晨在纳科醒来，因为前一晚喝大了，浑身不自在。他的一个朋友坐在桌子边上，桌上放着一瓶威士忌。

帕德伸过手去，从椅子上拿起一把枪，瞄准威士忌瓶身，砰的就是一枪。他的朋友仍坐在那里，身上满是玻璃碎屑，血混着威士忌往下淌。"你他妈有病吗？"他说。

现在，帕德已年近四十，在一家打印店工作，工资是每小时 1.35 美元。那是一家作风前卫的打印店。他们打印诗歌和实验性散文。帕德操作一台整行排字机，他们付他每小时 1.35 美元。这个价钱的排字工很难找，除非是在香港地区或者阿尔巴尼亚。

1　梅斯卡尔酒 (Mescal)，一种龙舌兰酒。

他在那儿工作的时候，店里的铅经常不够用。他们像买肥皂一样买铅，每次买一两块。

帕德的女友是个犹太人。二十四岁，才从很严重的肝炎里恢复过来。她曾经骗帕德说，她的裸照可能会出现在《花花公子》上。

"没什么好担心的，"她说，"如果他们真用了那张照片，只不过意味着12000000个男的会看见我的胸部。"

这对她来说都很有趣。她的父母很有钱。当她坐在加州灌木丛的某间屋子里时，她也出现于在纽约的父亲所开出的工资名单上。

我们吃的东西也很有趣，我们喝的更令人觉得好笑：火鸡、嘉露牌波特酒、热狗、西瓜、博派斯炸鸡、炸鲑鱼丸、刨冰、基督教兄弟牌波特酒[1]、橘子黑麦面包、罗马甜瓜、博派斯炸鸡、沙拉、奶酪——酒、吃的和博派斯炸鸡。

博派斯炸鸡？

我们读诸如《小偷日记》[2]《纵火焚屋》[3]《裸体午

1　嘉露 (Gallo) 和基督教兄弟 (Christian Brothers) 都是美国加利福尼亚州的著名酒庄。
2　《小偷日记》(*The Thief's Journal*)，法国小说家、剧作家、诗人让·热内 (Jean Genet, 1910—1986) 的小说。热内的传奇之一是他完成了从小偷到作家的转变。
3　《纵火焚屋》(*Set This House on Fire*)，威廉·斯泰伦 (William Styron, 1925—2006) 在朝鲜战争后出版的小说。

餐》[1]和克拉夫特-埃宾[2]作品之类的书。我们总是大声地读着克拉夫特-埃宾的书，好像这些书是克拉夫特晚餐。

"有人看见葡萄牙东部一个市镇的市长，一天早晨推着装满了性器官的手推车走进市政厅。他的家庭腐败。他的后兜里有一只女人的鞋。那只鞋一整晚都在那里。"诸如此类的话让我们捧腹大笑。

这间小屋的房东会在秋天的时候回来。她在欧洲避暑。她回来以后，一周只会在这里待一天：周六。她怕在这里过夜。这里有让她害怕的东西。

帕德和女友睡小屋，孩子睡地下室，我们睡在外头的苹果树下，黎明时醒来，眺望旧金山湾。然后我们再次睡着，又再次醒来，这一次是因为有件怪事发生了。接着我们又睡着，日出时醒来，眺望海湾。

后来，我们又睡着了，太阳一点一点地升起来。日光一开始停在山下一棵桉树的树枝上，树荫里凉爽舒适，我们睡得很香。最后阳光洒满树顶，晒在我们身上，我们只能起来。

我们又走进屋子，开始了早上这项哑巴哑巴的活动，我们称之为"早餐"。我们闲坐着，慢慢让自己

---

1 《裸体午餐》(*The Naked Lunch*)，美国"垮掉的一代"代表作家威廉·巴勒斯 (William Burroughs，1914—1997) 的小说。
2 克拉夫特-埃宾 (Krafft-Ebing，1840—1902)，奥地利裔德籍性学家和精神病学家。

恢复意识，把自己当作一件精美的瓷器，当我们喝完最后的最后的最后一杯咖啡时，差不多可以考虑午餐或者去费尔法克斯[1]的慈善二手店了。

所以，我们就是这样住在这里，在这磨坊谷之上的加州灌木丛里。要不是桉树挡住了视线，我们可以俯瞰磨坊谷的大街。我们得把车停在一百码[2]开外的地方，然后沿着这条隧道似的小路走过来。

如果帕德在打仗时用机枪干掉的所有德国人都穿着制服站在这里，我们会很紧张的。

小路边有温馨甜美的黑莓味儿，傍晚时分，鹌鹑会围在一棵害单相思的死树旁，这树像一个新娘似的倒在路上。有时我会过去把它们吓得四处乱逃。我只是过去让它们屁股离开地面。真是一些漂亮的小鸟。它们扑腾几下翅膀，往山下滑翔而去。

噢，他生来就是国王！是绕过金雀花，越过一辆废弃在黄色草丛里的车子那只。那只，他灰色的翅膀。

上个星期的一个早晨，天快要全亮起来的时候，我在苹果树下醒来，听见狗吠声和迅疾的马蹄声越来越近。千禧年？都穿着鹿蹄的俄国人入侵了？

我睁开眼睛，看见一只鹿径直朝我跑来。是一只雄鹿，有巨大的角。有一只警犬追着它。

1　费尔法克斯 (Fairfax)，位于磨坊谷的北面。
2　1 码约为 0.91 米。

汪汪哇操！吵闹声然后是砰砰砰砰砰砰！**砰！砰！**

鹿没有拐弯，只是径直朝我跑来，早就看见了我，又过了一两秒。

汪汪哇操！吵闹声然后是砰砰砰砰砰砰！**砰！砰！**

它经过我身旁的时候，我本可以伸出手摸一摸它的。

它绕着屋子跑，绕着茅房，后面有警犬在追。最后它们消失在山坡那边，身后留下长长的厕纸，流泻而去，一路是纠缠不清的灌木丛和藤蔓。

然后雌鹿跑了过来。它一开始也是这样，但没有那么快。可能有草莓在它脑子里。

"哇哦！"我喊了出来，"够了够了！我不卖报纸！"

雌鹿停在了离我二十五码的地方，转了个弯，往桉树那边跑去。

好了，这就是现在这些天过去发生的情况。我在它们跑过来之前醒来。我为它们醒来，就像我为黎明和日出醒来一样，突然就知道它们已经跑在路上了。

最后一次提到"在美国钓鳟鱼"矮子

周六是这个秋天的第一天，圣弗朗西斯教堂正在举行一个庆祝活动。天很热，摩天轮在天空中旋转，像一支弯成圆环且被赋予了音乐之优雅的体温计。

所有的一切都回到另外一个时间，回到我女儿刚被怀上的时候。我们刚搬到一所新的公寓，还没有来得及打开灯。我们被拆开了的箱子所包围，还有一根浅碟里的蜡烛，牛奶一般燃烧着。我们走进其中一间，我们确定就是那一间。

我的一个朋友正在另一个房间里睡觉。回头想想，我真希望没有把他吵醒，虽然他已经被吵醒，然后入睡，再不断醒来、睡去上百次。

在我妻子怀孕期间，我傻傻地盯着越来越多的生育中心，完全不知道待在这里的孩子是否能遇到"在美国钓鳟鱼"矮子。

周六下午，我和妻子一起去了华盛顿广场。我们将孩子放在草地上，她挣脱我们的手，跑向"在美国钓鳟鱼"矮子。他就坐在本杰明·富兰克林雕像旁边的树下。

他倚靠着右边的那棵树，坐在地上。一些蒜香肠和面包放在他的轮椅上，好像那是一个奇怪杂货店的陈列柜。

孩子跑向他，想拿一根香肠逃走。

"在美国钓鳟鱼"矮子瞬间就警惕起来，但当他发现她只是一个小孩时，就放松了警惕。他试着哄诱她过去，让她坐在他无小腿的膝盖上。她躲在他的轮椅后面，透过金属杆子盯着他看，她的一只手抓住一只轮子。

"过来，小朋友，"他说，"到我这里来看'在美国钓鳟鱼'老矮子。"

就在这个时候，本杰明·富兰克林雕像仿佛交通灯一般变绿了，公园另外一头的沙坑吸引住了孩子的目光。

沙坑忽然变得比"在美国钓鳟鱼"矮子好看。她不再关心他的香肠。

她决定去玩那个绿灯，穿过去投入沙坑的怀抱。

"在美国钓鳟鱼"矮子的目光追随着她的背影，好像他们之间横亘着一条越来越宽的河流。

见证"在美国钓鳟鱼"和平

去年复活节前后，他们在旧金山举行了"在美国钓鳟鱼"和平大游行。他们印刷了几千张红色贴纸。他们把这些贴纸贴在了外国小汽车上，贴在了能沟通全国的东西上，例如电线杆。

贴纸上印着**见证"在美国钓鳟鱼"和平**。

然后这群大学和高中的左派年轻人，和部分左翼神职人员、受激进思想熏陶的孩子一起，从左翼神经中枢森尼韦尔游行四十英里至旧金山。

他们用了四天时间步行到旧金山。他们在沿途经过的小镇过夜，睡在挤满了同伴的草地上。

他们随身带着左派"在美国钓鳟鱼"和平运动宣传海报：

反对在旧钓鱼点丢氢弹！

艾萨克·沃尔顿[1]也会恨这枚炸弹！

---

1 艾萨克·沃尔顿 (Izaak Walton, 1593—1683)，英国作家，1653 年出版《钓客清话》(*The Compleat Angler*)，漫谈垂钓的技艺与精神境界。

皇家马车夫 [1]，支持 [2]！洲际弹道导弹，反对！

他们还带着其他"在美国钓鳟鱼"和平运动的鼓动性资料，遵循着共产主义征服世界的路线：甘地非暴力主义特洛伊木马。

当这些年轻的被阴谋洗脑的核心成员抵达"锅柄地" [3]——旧金山"俄克拉何马移居者"左翼党派分部时，数千名左派分子在等着他们。这些左派分子走不了很远的路。他们甚至没力气走到市中心。

数千名左派分子在警察的保护下，行至旧金山心脏地带的联合广场。1960 年的"市政厅暴动"中，警察放走了几百名左派分子，已经让他们有恃无恐，但"在美国钓鳟鱼"和平大游行控诉的正是：警察的保护。

几千名左派分子涌至旧金山的中心，他们的演讲者发表了长达几个小时的煽动演说，年轻人想炸了科伊特塔 [4]，但是左翼神职人员叫他们收好塑料炸弹。

"所以，只要他们对你做什么，你就对他们做什么……没必要扔炸弹。"他们说。

1　皇家马车夫 (Royal Coachman)，飞钓中对一种钓饵的称呼。
2　原文为意大利语"Si"，意指"是"。
3　锅柄地 (Panhandle)，像锅柄一般狭长的土地，此处特指旧金山某地。
4　科伊特塔 (Coit Tower)，位于旧金山电报山 (Telephone Hill) 山顶，是旧金山市的著名地标，塔顶可以俯瞰旧金山市区及海湾全景。

美国不需要其他的证据了。甘地非暴力主义特洛伊木马的红色阴影已经笼罩了美国，旧金山就是它的马厩。

疯狂强奸犯的传奇糖块[1]已经过时了。而在此时此刻，左派分子正向坐在缆车上的天真小孩发放着见证"在美国钓鳟鱼"和平运动的小册子。

[1] 可能指强奸犯用糖块引诱受害人的传统伎俩。

《红唇》一章的脚注

生活在加州的灌木丛中我们是享受不到垃圾回收服务的。我们的垃圾从不会在清晨有一个面带笑容、言辞友善的人来迎接。我们也不能焚烧垃圾，因为那是旱季，所有东西都是易燃物，包括我们自己。有一段时间，垃圾成了我们的一个麻烦，但不久我们发现了一个解决方法。

我们把垃圾带到了一个三座废屋排成一排的地方。我们带来的袋子里装满了易拉罐、废纸、果皮、瓶子和博派斯炸鸡。

我们在最后一座废屋外停下，那里有成千上万张订阅《旧金山纪事报》的老收据，扔得满床都是，孩子们的牙刷还在洗手间的医药箱里。

房子后面是一座老旧的茅房。去那里需要穿过一些苹果树和一片奇怪的植物。我想，这些植物要么是一种增加我们食欲的很好的香料，要么是一种降低我们食欲的致命的颠茄。

我们将垃圾带到那个厕所的时候，总是慢慢地打开门，因为你只能轻轻打开它。它的墙上还有一卷厕纸，很旧，旧得像你的一个亲戚，根据《自由大宪章》[1]，可能是你的一个堂兄。

我们揭开马桶盖，将垃圾倒入黑暗之中。这样持续了数周，直到揭开马桶盖成为一件很滑稽的事情。我们看到的并非下面的黑暗或垃圾模糊而抽象的轮廓，而是明亮的、真切的、气势汹汹的垃圾，差不多要堆到顶部了。

如果你是个陌生人，只是无辜地来上个厕所，揭开马桶盖的时候，大概会被吓到。

在必须站在马桶圈上踩那个洞，才能像手风琴一样将垃圾压进深渊里去之时，我们搬离了加州的灌木丛。

---

1 《自由大宪章》(*Magna Carta*)，1215 年英王约翰被迫签署的宪法性的文件，在历史上第一次限制了封建君主的权力，成为英国君主立宪制的奠基石。

克利夫兰拆解场

直到最近，我对克利夫兰拆解场的一点了解，都是从曾在那里买过东西的几个朋友处听说的。有个朋友买了一扇窗子：框架、玻璃，各种东西，加起来只要几美元。那扇窗子很好看。

然后他将波特雷罗山上的房子一侧敲出一个窟窿，把窗子安了上去。现在，他可以俯瞰整个旧金山县医院了。

他几乎可以俯视病房，看见里面翻了无数遍的旧杂志，像被侵蚀的大峡谷[1]。他几乎可以听见病人在想着早餐的事情：我讨厌牛奶；以及在想着晚餐的事情：我讨厌豌豆。到了晚上，他可以看见整座医院慢慢被淹没，绝望地被缠绕在广大的砖头海藻丛中。

他的那扇窗子就是在克利夫兰拆解场买的。

我的另一个朋友在克利夫兰拆解场买到一个铁

1　大峡谷 (Grand Canyon)，即科罗拉多大峡谷，世界陆地上最长的峡谷之一。

151

皮屋顶，用旧旅行车运去大瑟尔[1]，然后自己把铁皮屋顶背上了山。他背了半个屋顶上去。这可不是轻松的野餐。后来他在普莱森顿买了一头骡子，名叫乔治。乔治把另一半屋顶背上了山。

骡子一点也不喜欢这一切。因为蜱虫，它瘦了很多，高原上的野猫味儿也使它紧张得没法安心吃草。我的朋友开玩笑说乔治轻了大概两百磅。利弗莫尔山谷下普莱森顿四周盛产美酒的村子，在乔治看来，比圣卢西亚山脉这边的荒山野岭好多了。

我朋友住的地方是大壁炉边上的破棚屋，1920年代的时候，这里有一幢大别墅，由某位著名的电影演员造起来的。别墅造好的时候，大瑟尔还没有通路。别墅被一头头骡子驮在背上，运过了群山。骡子像蚂蚁一样排成队，把美好生活的愿景运往毒栎、蜱虫和鲑鱼。

别墅坐落在太平洋的一个海角处。在1920年代，钱能让人看得更远，可以看见鲸鱼，看见夏威夷群岛和中国的国民党。

别墅几年前被烧毁了。

演员死了。

他的骡子被做成了肥皂。

1　大瑟尔 (Big Sur)，又译大苏尔，美国加利福尼亚州西部海岸线最惊险、最优美的一段公路，以其壮丽的崖岸景色闻名。

他的情妇们成了满是皱纹的鸟巢。

只有壁炉留了下来，成了迦太基人向好莱坞致敬的标志。

几个礼拜前，我去了朋友那儿参观他的屋顶。我就是错过一百万也不愿错过这个参观机会，他们这样说。我觉得那个屋顶就像一只漏勺。那个屋顶如果在海湾牧场那儿跟雨打起来，我赌雨赢，我会把赢来的钱花在西雅图世博会上。

我和克利夫兰拆解场的故事开始于两天前，我听说那儿在甩卖一条用过的鳟鱼溪。所以我就在哥伦布大道坐上了 15 路公交车，第一次去到那里。

公交车上，我的身后坐着两个黑鬼男孩。他们在聊恰比·却克[1]和扭扭舞。他们觉得恰比·却克只有十五岁，因为他没有两撇胡子。然后他们说有个家伙连续跳了四十四个小时的扭扭舞，最后看见了乔治·华盛顿穿过特拉华州。

"哥们儿，这就是我说的扭扭舞。"其中一个小孩说。

"连跳四十四个小时，我觉得我可跳不了，"另一个小孩说，"那得扭成什么样了啊。"

我在废弃的"时代"加油站和废弃的五十美分自

1　恰比·却克（Chubby Checker, 1941— ），美国摇滚乐歌手、扭扭舞创始人。

助洗车站旁下了公交车。加油站的一侧有一块狭长的空地。这块地曾在战争时期修建住房项目，用来安置船厂工人。

加油站的另一侧就是克利夫兰拆解场。我走过去，看一看老旧的鳟鱼溪。克利夫兰拆解场有很长的橱窗，放满了各种标牌和商品。

橱窗里有一个标牌，卖的是洗衣店打标机，65美元。这件东西原价175美元。多实惠。

有一个标牌，卖的是新的和旧的两吨和三吨起重机。我在想要多少台起重机才能搬动一条鳟鱼溪。

另一个标牌写着：

家庭礼品中心

全家人的礼品顾问

橱窗里放满了几百件给全家人的礼物。爸爸，你知道我圣诞节想要什么礼物吗？想要什么呀，儿子？一个洗手间。妈妈，你知道我圣诞节想要什么礼物吗？想要什么呀，帕特里西娅？一些盖屋顶的材料。

橱窗里有给远亲的丛林野营吊床，以及给其他挚亲的一美元十美分的几加仑土黄色瓷漆。

还有一个大牌子，写着：

出售二手鳟鱼溪

好品质，看了才知道

我走了进去，看了看隔壁一些正在出售的船灯。这时一个售货员向我走过来，用很好听的声音说："有什么可以帮到您的吗？"

"有的，"我说，"我对你们卖的鳟鱼溪很感兴趣。能跟我说说详细情况吗？怎么个卖法？"

"论英尺卖。您想买多少就买多少，全包了都可以。今天早上一个人买了 563 英尺回去。他要把它送给侄女，当作生日礼物。"售货员说。

"当然，我们也单独出售瀑布，还有树啊，鸟啊，花啊，草啊，蕨类植物啊，都卖。如果您买的鳟鱼溪满十英尺，我们就免费送您昆虫。"

"那鳟鱼溪卖多少钱？"我问。

"每英尺六美元五十美分，"他说，如果您买一百英尺以内就是这个价格。如果满一百英尺，超过的部分每英尺五美元。"

"鸟怎么卖？"我问。

"每只三十五美分，"他说，"当然都是用过的。我们不能保证什么。"

"鳟鱼溪多宽？"我问，"你说按长度算对吧？"

"是的，"他说，"我们按长度卖。鳟鱼溪宽度在五到十一英尺之间。宽度上您不用担心额外加钱。不是什么大的溪流，但是很让人满意。"

"你有哪些动物？"我问。

"我们只剩三只鹿了。"他说。

"哦……花呢？"

"论打卖。"他说。

"小溪清澈吗？"我问。

"先生，"售货员说，"我们从不希望顾客以为我们卖的是什么浑浊的鳟鱼溪。我们永远保证这些小溪清澈见底，在把它搬过来之前，我们就这样打算了。"

"是从哪里搬过来的？"我问。

"科罗拉多，"他说，"我们小心翼翼地把它搬过来。至今为止，我们还没弄坏过一条鳟鱼溪。我们对待它们就跟对待瓷器一样。"

"你一定经常被问这个问题吧，不过这条小溪里的鳟鱼怎么样？"我问。

"很好，"他说，"大多是德国褐鳟，也有几条彩虹鳟。"

"鳟鱼怎么卖？"我问。

"鳟鱼是随小溪附送的，"他说，"当然得看运气。您永远不知道您买的这条小溪里有多少鳟鱼，鳟鱼又有多肥。但是一般来说，都能钓到很多不错的鳟鱼，您钓了以后可能会觉得更棒。垂钓和飞钓都很棒。"他微笑着说。

"那鳟鱼溪在哪儿？"我问，"我想瞧瞧。"

"在后院里，"他说，"你直走，穿过那扇门，右转，走到屋子外面去。小溪是按长度堆放的。你肯定能看见。瀑布在楼上的二手管道设备区。"

"那动物呢？"

"哦，剩下的动物在小溪的反方向。您会看见铁轨边的路上停着几辆我们的卡车。走上公路后，向右转，一直走，经过几堆木材。动物的棚就搭在停车场的尽头。"

"谢谢，"我说，"我想先看看瀑布。你就不用陪我了。告诉我怎么走就行，我自己过去。"

"那好吧，"他说，"往那边上楼。您会看见一些门和窗，左转，您就能看见二手管道设备区。这是我的名片，有需要随时叫我。"

"好的，"我说，"你已经帮了很大的忙了。太感谢了。我自己再四处看看。"

"祝您好运。"他说。

我走上楼，那里有几千扇门。我从没见过那么多门。用这些门，你简直可以造出一座城市来。门城。那里的窗户也足够造出一小片郊区了。窗镇。

我向左拐，然后往回走，这时看见一束微弱的珍珠色的光。我越往回走，光线就越强，然后我就走到了二手管道设备区，里面围着几百间厕所。

厕所堆在货架上。每一堆有五个厕所。上面的天窗有光透进来,让厕所像南海故事电影[1]中的"禁忌大珍珠"一般发出耀眼的光。

靠墙堆着的就是瀑布。大约有一打左右的瀑布,小至几英尺高,大至十到十五英尺高。

有一条瀑布高过六十英尺。大瀑布上有商标,写着重新组装这些瀑布的正确顺序。

瀑布上都标着价格,比小溪贵。瀑布每英尺卖19.00美元。

我走进另一个房间,那里有很好闻的木材,顶上的天窗是另一种颜色,让木材发出暖黄色的光。屋子里坡顶下的暗处,是许多水槽和小便池,上面积满灰尘,还有一条瀑布,大约十七英尺高,折成两段放在那儿,已经开始积灰了。

瀑布我已经看得差不多了,现在我很想看看鳟鱼溪,所以我就按售货员说的,走到屋子外面去。

噢,我这辈子从没见过那样的鳟鱼溪。这条小溪截成不同的长度堆放着:十英尺、十五英尺、二十英尺,不一而足。有一段有足足一百英尺长。还有一盒边角料。边角料的尺寸都很奇怪,从六英寸到一两英尺不等。

屋子的一侧装着扩音器,轻柔的音乐缓缓流出。

1　南海故事电影,疑为1931年上映的美国电影《禁忌》(*Tabu : A story of the South Seas*)。

那是一个阴天，海鸥在高处盘旋。

小溪的后面是大捆大捆的树和灌木，用有补丁的帆布盖着。你能看见露出的树冠和树根。

我走上前去看小溪的长度。我能看见里面游着鳟鱼。我看见一条很好的鳟鱼，还有几只蝲蛄在小溪尽头的石缝里爬行。

小溪看起来很不错。我把手放进溪流，清凉又舒服。

我打算再去转转，看看动物们。我看见了铁路旁停着的那些卡车。我沿着公路走，经过几堆木材，走到动物的棚屋里。

售货员说得没错。动物几乎全卖完了。只有老鼠还挺充足。有几百只老鼠。

棚屋边上是巨大的铁丝鸟笼，大约有五十英尺高，里面有各种各样的鸟。鸟笼的顶上盖着帆布，以防下雨的时候鸟被淋湿。我看了看，有啄木鸟，有野生金丝雀，还有麻雀。

在我走回堆放鳟鱼溪之处的路上，我看见了昆虫。它们在一间预制钢架房中，这间房售价每平方英尺八十美分。门上贴着一个标牌。写着：

昆虫

对莱昂纳多·达芬奇半个礼拜天的致敬

在多雨的旧金山这个不同寻常的冬日，我看见了莱昂纳多·达芬奇。我的妻子出去干活了，她没有休息日，礼拜天也上班。她今天早上八点离开了家，去鲍威尔和加州。打那以后我一直坐在这儿，像一只在木头上的癞蛤蟆，梦见了莱昂纳多·达芬奇。

我梦见他在南本德渔具店工作，但是，当然，他穿着不一样的衣服，说着不一样的口音，有着不一样的童年，那可能是一个美国式的童年，在某个诸如新墨西哥州的洛兹堡或者弗吉尼亚州的温切斯特这样的小镇上度过。

我看见他为"在美国钓鳟鱼"发明了一种新的旋转钓饵。我看见他一开始用想象力工作，然后用金属、颜色和鱼钩，先试试这个，再试试那个，接着又加了点动作，后来又绕回去，又用另一种动作绕回来，最后，一个新型钓饵就诞生了。

他喊店主们进来。他们看了看钓饵，都晕了过去。他独自一人，站在他们的身体边上，手里握着钓饵，给钓饵取了个名字。他叫它"最后的晚餐"。然后他叫醒了店主们。

　　只不过几个月的工夫，这个钓饵就成了 20 世纪的热点话题，关注度远超广岛或圣雄甘地之类的些微成就。在美国，卖出了千百万只"最后的晚餐"。梵蒂冈预订了一万只，可他们那边连鳟鱼都没有。

　　褒奖潮水般涌来。三十四位美国前总统一致称赞："'最后的晚餐'超乎我的想象。"

"在美国钓鳟鱼"笔尖

　　他去切马尔特砍圣诞树，那个地方在东俄勒冈。那时他在为一家很小的企业工作。他砍树，做饭，睡在厨房的地上。天气很冷，地上积了些雪。地板很硬。在铁路沿线的某个地方，他发现了一件旧的空军飞行夹克。在这么冷的天气里，它可是帮了大忙。

　　在这里，他唯一能找到的女人是一个三百磅重的印第安妇人。她有一对十五岁的双胞胎女儿，他想与她们做爱。但只有这个妇人干这个行当，所以他只能和她搞在一起。在这方面，她可是个行家。

　　他的雇主不能给他预付工资。他们说，当他们回到旧金山的时候，将会跟他一次性结清。他干这个活，是因为他破产了，家真的破。

　　他一边等待，一边在雪中砍树，上那个印第安女人，煮些难吃的食物——他们的预算很紧——然后洗碗。然后，他睡在厨房的地板上，裹着那件旧的空军飞行夹克。

　　当他带着那些圣诞树回到镇上的时候，那些雇他的人却一个子儿也无法给他。他只得在奥克兰围着这堆人转，等着他们卖出足够多的树来付他的工钱。

"夫人，这棵圣诞树不错。"

"多少钱？"

"十美元。"

"太贵了。"

"夫人，我那边还有棵不错的两美元的树。实际上，它只是半棵，但你可以让它靠着墙，看起来也很好。"

"我要了。我可以将它摆在气象钟的边上。这棵树和女王的衣服一个颜色。我要了。你说两美元？"

"是的，夫人。"

"你好，先生。是吗……啊哈……是吗……你说你想将你的姨妈和一棵圣诞树葬进她的棺材里？啊哈……她想这样做啊……先生，我来看看我能为你做些什么。对了，你带来棺材的尺寸了？很好……先生，我们这里正好有棺材大小的圣诞树。"

最后他得到报酬，回到了旧金山，好好地在勒伯夫餐厅[1]吃了顿牛排晚餐，喝了些好酒，杰克丹尼威士忌，然后他去了菲尔莫尔街[2]，带走了一个年轻漂亮的

1　原文为法语"Le Boeuf"，意为"牛肉"。"Le Boeuf"同时曾是著名的钢笔品牌名。

2　此处可能暗指美国总统米勒德·菲尔莫尔 (Millard Fillmore,1800—1874)。他因未能解决奴隶制危机，而被认为是美国史上最差的几位总统之一。

黑人妓女，他们在阿尔伯特·培根·福尔[1]酒店尽享一夜良宵。

第二天，他去了市场街上一家时髦的文具店，花三十美元给自己买了一支带金笔尖的钢笔。

他拿给我看，说："用这支笔写，但是不要太用力，因为它的笔尖是金的，金笔尖敏感而脆弱。过一会儿，这支笔就具有了书写者的人格。除该书写者外，再没有人能用它写字。这支笔好像成了另一个人的影子。这是唯一值得拥有的钢笔。你得小心。"

我心想，要是"在美国钓鳟鱼"用笔尖抵在纸上画出一抹河岸边冷绿色的树、野花以及黑暗的鱼鳍，那会是多么可爱的笔尖啊。

1　阿尔伯特·培根·福尔 (Albert Bacon Fall, 1861—1944) 美国内阁官员，曾卷入政治丑闻，后因欺骗政府的罪名被判有罪。此处应为布劳提根的一个暗讽。

《蛋黄酱篇》前传

> 爱斯基摩人一生都生活在冰雪之中,却没有一个词来概括"冰雪"。

> ——蒙塔古·弗朗西斯·阿什利·蒙塔古[1]《人类最初的百万年》

人类的语言和其他动物的交流方式在某种程度上是相似的,却也有天壤之别。我们对人类语言的进化史根本不得而知,尽管有许多人猜测其可能的起源。例如,"汪汪说"认为语言起源于人们对动物叫声的模仿,"叮咚说"认为语言起源于人们天然的发声反应,"呸呸说"认为语言是由于人们大声喊叫和惊叹而产生的……仅仅通过这些最早的化石,我们无法判断各种人类是否能够说话……

---

[1] 蒙塔古·弗朗西斯·阿什利·蒙塔古 (Montague Francis Ashley Montagu, 1905—1999),英裔美国人类学家、人文学者,有犹太血统,普及血统和性别的概念以及对政治和发展的影响。

语言不会留下化石，至少在书写出现前
是如此……

　　　　——马斯顿·贝茨[1]《自然中的人》

　　没有哪一种住在树上的动物能创造
文明。

　　　　——《人体力学的类人猿基础》一章，
选自欧内斯特·阿尔伯特·胡顿[2]《人类的
曙光》

　　为了表达人类的基本需求，我一直想写一本书，
结尾用蛋黄酱一词。

1　马斯顿·贝茨 (Marston Bates, 1906—1974)，美国动物学家。
2　欧内斯特·阿尔伯特·胡顿 (Earnest Albert Hooton, 1887—1954)，
　　美国生物人类学家。

蛋黄酱篇

最亲爱的弗洛伦斯和哈夫：

我刚从伊迪丝的来信中得知古德先生去世的消息。我们向你致以上帝的意愿会成全的最深切的同情。他的一生长久、美好，现在，他也已经去了一个更好的地方。这正是你所期望的。谢谢你们昨天去看望他，尽管他已经无法认出你们了。我们爱你们，为你们祈福，我们很快就能见面。

上帝保佑你们俩。

爱妈妈和南希

又及：

抱歉我忘记给你寄蛋黄酱。

译后记
钓鱼发烧友的文学之旅

　　20 世纪 60 年代的美国，"垮掉派"开始退潮，反文化运动兴起。当然，两个文化阵营的界线并不清晰——那时，艾伦·金斯堡依然在世界范围内活跃，与鲍勃·迪伦也交情甚深。1967 年,《在美国钓鳟鱼》出版，这是布劳提根出版的第二本小说。凭借这本小说，布劳提根名声大噪，嬉皮士一度奉布劳提根为偶像，将他视为"爱之夏"[1]的代言人。布劳提根的一位朋友回忆说，布劳提根戴着宽檐帽的经典形象，甚至可以与走在海特街上的乔治·哈里森[2]相提并论。但是，布劳提根对嬉皮士的态度却很复杂。有人认为，布劳提根对嬉皮士的行为非常反感，尤其是滥用毒品。在他的作品中，更常见的是对酒的迷恋。因此,《在美国钓鳟鱼》与嬉皮士画不上等号。这也促使我在初读这本小说时，尽量躲开嬉皮士在我脑海

1　1967 年的夏天、近十万来自世界各地的年轻嬉皮士聚集在旧金山，向人们昭示他们反传统、反越战、争和平、争平权的理念。组织者自豪地向记者们宣布: 嬉皮士就是"爱的一代", 1967 年夏天则是"爱之夏"(Summer of Love)。
2　乔治·哈里森 (George Harrison, 1943—2001)，英国音乐家、吉他演奏家、音乐制作人、电影制作人，以身为披头士乐队成员之一广为人知。

中描绘的 60 年代，躲开海特—阿什伯里那些头戴鲜花的青年。至于嬉皮士的气质与《在美国钓鳟鱼》有何相似，我相信读者自有判断。这篇译后记想谈的，也不在于此。通过这篇短短的译后记，我希望能为读者介绍一些文本之外的细节；也想利用这个机会，简单地谈一谈这本小说的翻译。

一

《在美国钓鳟鱼》的主体成于 1961 年夏天，布劳提根和他的第一任妻子弗吉尼亚·奥尔德（Virginia Alder）、女儿艾安茜（Ianthe）在爱达荷州的斯坦利湖区野营。

那年六月，布劳提根和妻子用三百五十美元的返税金买了一辆二手的普利茅斯旅行车，装上两箱书，帐篷、睡袋、科勒曼牌的炉子和露营灯，以及布劳提根的打字机。他们把名叫"杰克"的猫托付给邻居后，带着女儿，从旧金山出发了。

车子一路向东，先抵达内华达州，穿过内华达的荒漠，然后往北进入爱达荷州。来到爱达荷州以后，一行三人首先在银溪落脚扎营，布劳提根开始钓鱼。接下来的一周，布劳提根遍访附近的溪流，并在笔记本上记下了一个个好听的名字。那一页笔记的标题叫作"我钓过鳟鱼的溪流，以先后顺序排列，

1961 年——爱达荷，一曲旅行的歌，一曲鬼魂的歌"。记下的名字包括银溪、铜溪、小木头溪、大斯莫基、天堂溪、咸水溪、小斯莫基、嘉莉溪、皇后溪、红鳟溪、鲑鱼溪、小红鲑湖、黄腹湖溪、斯坦利湖和斯坦利湖溪等等。这些溪流串起了整个旅程，也即《在美国钓鳟鱼》的线索。

离开银溪，布劳提根一家向北来到大斯莫基的露营基地。不远处是咸水溪，告示牌上写着：小心此处投放的用来消灭郊狼的氰化物胶囊。布劳提根写了一个讽刺版的告示，弗吉尼亚将它翻译成了西班牙语——这些都出现在《咸水溪的郊狼们》一章里。下一个目的地是勇士东峰的露营基地，那里有皇后溪。然后，三人驱车前往麦考尔，去见弗吉尼亚的表亲唐娜，《泰迪·罗斯福的玩笑》一章写的就是这段旅程。

自驾游的终点是斯坦利湖区的小红鲑湖营地，一家人在那儿待了一个月光景。布劳提根认识了一名外科医生，两人经常一起钓鱼。布劳提根把医生对生活和工作的抱怨写进了《外科医生》一章。下午很少有鱼上钩，布劳提根利用这段时间阅读和写作。《在美国钓鳟鱼》的不少内容都取材自小红鲑湖营地的日常生活。出发前买各种钓鱼器材的过程，则催生了《有关"露营热"风靡全美的一则笔记》。

二

《在美国钓鳟鱼》的内容不局限于营地的生活。这和布劳提根对文体的尝试有莫大的关系。

布劳提根动手写这本书，是在 1960 年。他想在诗歌之外试着写写散文，因此着手创作短篇小说，如果可能的话，再集成一部长篇小说。1960 年 9 月，布劳提根写了一个短篇，题目就叫"在美国钓鳟鱼"。他虚构了钢铁做的鳟鱼，还有"在美国钓鳟鱼"这个角色。这个短篇成了《在美国钓鳟鱼》的胚胎。尝试不同文体的过程对于布劳提根来说并不容易。虽然他以小说闻名，但那时候的布劳提根只要下笔，写出来的东西就都会变成诗歌。事实上，《在美国钓鳟鱼》也有很强的诗歌色彩，甚至可以归入散文诗的范畴。

"扩充"是布劳提根创作《在美国钓鳟鱼》的常用方式。他常常从以前的作品中获取材料。他曾在 1959 年写过一个短篇，说的是两个新奥尔良来的流浪艺术家，在华盛顿广场相遇，一起幻想在"想象中的精神病院"里舒服地过冬。这个故事变成了《酒鬼们的瓦尔登湖》一章。华盛顿广场是这本小说里的一个重要场所，也是原版小说的封面。《蛋黄酱篇》几乎照搬他淘的一本二手书。《与联邦调查局在美国钓鳟鱼》则受到了一张不完整的通缉告示的启发。

《在美国钓鳟鱼》的许多元素都源自布劳提根在

加州理工学院图书馆的发现。1967年春天，布劳提根成为加州理工学院的驻校诗人。在此之前，布劳提根就一直去理工学院的图书馆看书。《喝波特酒而死的鳟鱼》一章里，布劳提根列了一个很长的书单，那些经典的钓鱼教程就是图书馆的馆藏。《另一种制作核桃酱的方法》提到的食谱，也是取自在图书馆读过的烹饪书。

童年回忆是《在美国钓鳟鱼》重要的灵感源泉。《"酷爱"饮料成瘾者》几乎是童年回忆的再现。听闻海明威的死讯后，布劳提根创作了《我最后一次看见"在美国钓鳟鱼"》，提到他童年时在大瀑布村与继父一起度过的冬日时光。童年与现实，忽然因为两种意义上的"父亲"而相遇了。

1962年3月中旬，布劳提根初步完成了《在美国钓鳟鱼》的创作。整本小说中，内容对现实的映射林林总总，不止于上文谈及的几个方面。通过读者的解读，这种映射会更加丰富。我想这也是"文本"的意义所在。

三

这本小说最触动我的，是童年的回忆、诗歌的痕迹、人与自然的关系。

《在美国钓鳟鱼》一书里，童年的回忆神秘而庄严。《敲木头》两章,一章是对钢铁鳟鱼的幻想,一章是第一次在美国钓鳟鱼的幻灭。钢铁鳟鱼是父辈时代的化身,而幻灭是未来的火种,是钓鳟鱼的"缘起"。鳟鱼将过去与未来连接,仿佛铺下了一条生命线。童年于我,正如《在美国钓鳟鱼》里展现的那样,自发地对现实做出种种解释与提醒,好像《驼背鳟》里写的那样:"其中一块石头……尤为显眼,让我想起童年时曾经见过的一只白猫。"初读此书时,我接触诗歌写作不久,我诗歌里的童年同样有着二次体验的意义。童年的细节,如预言般在现实里舒展开来,对当下和未来产生巨大的影响。这些思考促使我决定翻译此书。除了选材,童年的气息还影响着整部小说叙事的笔触。有"垮掉派"的批评家认为,《在美国钓鳟鱼》叙事过于幼稚,更讽刺说嬉皮士推崇这本小说正因为此。这一观点中的偏见自不必说,且其恰恰证明了《在美国钓鳟鱼》展现出了一种诞生于那个时代却又能脱颖而出的崭新文学面貌,并能够通过"幼稚"启发严肃。

《在美国钓鳟鱼》与诗歌的"亲缘关系",不仅限于童年。这本小说展现想象的方式,或者说运用隐喻的方式,是相当直接的。例如,"在美国钓鳟鱼"人物本身,就具有极大的模糊性。人物被冠以"在美国钓鳟鱼"的名字,使得"在美国钓鳟鱼"作为一个完整的意象,被高度抽象化,成为贯串全书的一个符号。在不同的故事里，对人物的描写越细腻，越能放大模糊性，增强隐喻的陌生化效果。《在美国钓鳟鱼》在美国出版后，甚至出现了以"在美国钓鳟鱼"命名的公社（commune）、学校和报纸。这种"命名"行为不仅是对布劳提根的崇拜，更是对一个隐喻的崇拜。隐喻层面的"亲缘"关系，对照布劳提根的诗歌来看，会更突出。此外，这本小说对比喻的把握，显得非常精准。比如《情报》一章的结尾："羊群使自己渐渐进入了无意识的睡眠，一只接一只，像溃军不断倒下的旗帜。我手里是一条刚送达不久的重要情报。上面写着：斯大林格勒。""溃军不断倒下的旗帜"这个比喻本身充满了灵光，而叙事的高潮也通过这一比喻来完成。《在美国钓鳟鱼》有许多这样的比喻，读者能从中感受到作者作为诗人对小说文体的尝试。

　　"露营"和"钓鱼"是《在美国钓鳟鱼》叙事的关键词。此两种行为（或者说一种行为的两个环节）都是人与自然亲近的形式。"飞钓"的钓鱼形式在中国并不常见，"露营"也极具西方色彩。这些内容，我相信对于读者来说，是非常陌生而有趣的。但是，小说里对"自然"的探讨，还超出了直接的描写。例如，《有关"露营热"风靡全美的一则笔记》用略带惊悚的叙事，赋予了"夏天"与"狂热"新的气质。《"在美国钓鳟鱼"恐怖分子》一章索性用季节来烘托隐喻。这一章描写了一场童年的"阴谋",在故事结尾处,他强调,"随之,某种秋天降临在了一年级"。而"夏天"则是巧妙地与一场"起义"连接在了一起。同时,《在美国钓鳟鱼》的主线,也是发生在夏天。如果将整个旅行,甚至整本书的想象都看成是一场"起义",全书与这一章就形成了微妙的对话。

四

从翻译的角度来看,《在美国钓鳟鱼》的用语十分简单,句子也不复杂。我们希望中译本可以尽可能地保留原文的特点,或者说叙事的语气。我们试图通过对这本小说的翻译输入一些陌生的、新鲜的语言习惯,更希望读者能感受到布劳提根独特的语言魅力。例如,在翻译《敲木头》两章时,标题"敲木头"因其文化含义而形成了双关。我们多次斟酌,决定直译。文中富有美国特色的意象,我们尽量不去改动。译文还以注脚的形式添加了必要的补充,希望能帮助读者理解。

这本小说"诗"的气质,离不开其独特的语言风格。叙事节奏在这本小说里显得尤为重要。作为译者,我们不希望扰乱原文的节奏。原文多使用短句、人称代词;在翻译中,我们尽量遵循原文的句读,保留了大量的代词。不过,再现语言风格只是我们的一个愿望，重于是否实现，请各位读者指教。

我和肖水自 2013 年夏天动手翻译此书，秋天完成初稿。翻译完成后，我们尝试联系约翰·巴伯 (John F. Barber) 先生。巴伯先生是研究布劳提根的专家，出版了多部关于布劳提根的研究著作，还建立了布劳提根作品的网络馆藏，收录了大量有关布劳提根的评论、回忆录、传记等等，对布劳提根的诗集也做了翔实的注解。巴伯先生对此书中文版的翻译（包括对布劳提根诗歌的中文翻译）提供了宝贵的帮助，对出版给予了极大的支持。译后记中关于小说成书背景的诸多内容，受到了该网站的启发。对于巴伯先生的贡献，我们致以由衷的感谢。另外，我还要借此机会感谢我的家人和朋友，你们的理解和支持是对我最大的鼓励。一时兴起而翻译的作品最终能够出版，我和肖水感到非常幸运。布劳提根对我们的创作颇有助益，与肖水的合作也使我获益良多。此书诞生的过程不易，如果读者能由此出发，认识一位有趣的作者，译文也算有一点价值。当然，译文还有很多需要改进的地方，希望各位读者不吝赐教。

陈汐

于香港粉岭公寓